Le moins que rien

Dave Pelzer

Le moins que rien

Traduit de l'américain
par Annie Desbiens et Miville Boudreault

J'AI LU

Titre original :
A CHILD CALLED « IT »
publiée par Health Communications Inc., Deerfield Beach, Florida, U.S.A. et Éditions Sciences et Culture, Montréal, Canada

Adaptation française de la traduction : Sylvie Schneiter

Je dédie ce livre à mon fils, Stephen.
Par la grâce de Dieu, il m'a appris
à vivre et à aimer comme un enfant.

Je le dédie également aux professeurs et membres
de l'école primaire Thomas Edison, qui,
sans l'ombre d'une hésitation, ont eu le courage
de mettre leur carrière en jeu en ce jour
fatidique du 5 mars 1973.
Ils m'ont sauvé la vie.
Steven E. Ziegler, Athena Konstan, Peter Hansen,
Joyce Woodworth, Janice Woods, Betty Howell,
l'infirmière de l'école.

Avertissement de l'auteur

Certains noms mentionnés dans ce livre ont été changés pour préserver la dignité et l'anonymat de ces personnes.

La langue et le ton de cet ouvrage reflètent l'état d'esprit d'un enfant à un stade particulier de son évolution, ici entre quatre et douze ans.

Le deuxième tome, intitulé *L'Ado perdu*, retrace sa vie entre l'âge de douze et dix-huit ans.

1

Le sauvetage

Daly City (Californie), 5 mars 1973

Je suis en retard. Mais je dois finir la vaisselle à temps, sinon je serai privé de petit déjeuner. Vu que je n'ai rien eu pour le dîner, il faut absolument que je me débrouille pour manger quelque chose. La Mère court dans tous les sens, s'époumonant contre mes frères. J'entends ses pas dans le couloir. Elle s'approche de la cuisine. Je m'empresse de plonger mes mains dans l'eau brûlante. Trop tard. La Mère me surprend sur le fait.

Paf ! Sa gifle me fait tomber par terre. Pourtant, je sais qu'il est stupide d'attendre bêtement ses beignes. J'ai appris à mes dépens qu'elle prend cette attitude pour de la provocation, une invitation à me rouer de coups ou, pire encore, à me priver de nourriture. Je me relève en fuyant son regard tandis qu'elle hurle à mes oreilles.

Le dos rond, je ne moufte pas tout en l'admonestant à part moi : *S'il te plaît, j'ai faim. Frappe-moi encore si la main te démange, mais donne-moi à manger.* Une autre gifle envoie ma tête valdinguer contre le plan de travail. Des larmes de fausse reddition ruissellent sur mes joues tandis qu'elle sort, apparemment satisfaite. Voulant m'assurer qu'elle ne reviendra pas, je compte ses pas. Ouf ! Mon numéro a marché. La Mère peut me flanquer autant de rossées qu'elle le souhaite, elle ne brisera pas ma volonté de survivre.

Je termine la vaisselle, puis les autres tâches ménagères qui m'incombent. En guise de récompense, j'ai droit à un petit déjeuner : reliefs du bol de céréales d'un de mes frères – en l'occurrence, des miettes de Lucky Charms – dans un peu de lait que je m'empresse de laper avant que La Mère ne change d'avis. Ce ne serait pas la première fois, vu que la nourriture est son arme de prédilection. Du reste, certaine que j'irais fouiller la poubelle, elle n'y jette jamais rien. Aucun de mes stratagèmes ne lui est étranger.

L'instant d'après, je me trouve dans le vieux break. Les corvées m'ont mis en retard, alors La Mère est obligée de me conduire à l'école. D'ordinaire, j'y vais au pas de course et, arrivant juste avant la sonnerie, je n'ai pas le temps de chiper quoi que ce soit dans le panier-repas d'un élève.

La Mère laisse sortir mon frère aîné, pas moi. En effet, elle tient à me chapitrer sur ce qui m'attend demain. Elle a l'intention de m'emmener chez son frère, mon oncle Dan. « Il va s'occuper de toi », martèle-t-elle. Je réagis à son ton menaçant par un regard rempli d'une frayeur que je n'éprouve pas. Pour sévère que soit mon oncle, il ne me traitera sûrement pas comme La Mère.

Le break n'est pas encore à l'arrêt que je me rue dehors. La Mère me rappelle à grands cris : j'ai oublié le sac de mon déjeuner, consistant – immuablement depuis trois ans – en deux sandwichs au beurre de cacahouètes et quelques carottes. Avant que je ne m'élance de nouveau, La Mère assène :

— Tu n'auras qu'à dire que tu t'es cogné à une porte.

D'un ton que j'ai rarement l'occasion d'entendre, elle ajoute :

— Bonne journée !

Je la regarde dans les yeux. Ils sont rouges, encore tout gonflés de sa cuite de la veille. Ses cheveux noirs, si lustrés naguère, tombent en mèches ternes. Pas maquillée comme d'habitude, elle est trop grosse par-dessus le marché – ce dont elle a conscience. De toute façon, c'est l'apparence de La Mère à présent.

Vu mon retard, il me faut passer au bureau de l'administration où la secrétaire aux cheveux gris m'accueille gentiment. Puis, l'infirmière vient me chercher. Une fois dans son local, c'est l'examen habituel en commençant par mon visage et mes bras.

— Qu'est-ce que tu as au-dessus des yeux ? me demande-t-elle.

Lâchement, je réponds :

— Je me suis cogné à la porte d'entrée sans faire exprès.

Avec un sourire, l'infirmière prend son bloc-notes qu'elle feuillette avant de me montrer une page du doigt.

— Voyons, tu m'as dit la même chose lundi dernier. Tu te rappelles ?

Sans sourciller, je fournis aussitôt une explication de rechange :

— Ben, j'me suis trompé. J'ai reçu un coup de batte de base-ball. Un accident.

« Accident », voilà un mot que je sors à tout bout de champ. Pas dupe, l'infirmière me gronde. Du coup, je craque et lui dis la vérité. Bien que voulant protéger La Mère, je finis toujours par passer aux aveux.

L'infirmière me rassure. Ensuite, elle me demande de me déshabiller comme elle n'y manque pas depuis l'année dernière. J'obéis. Il y a plus de trous dans ma chemise à manches longues que dans un morceau de gruyère. Ça fait deux ans que je porte la même – une humiliation de plus infligée par La Mère. Mon pantalon ne vaut guère mieux et je peux sortir l'orteil d'une de mes godasses percées au bout. L'infirmière note soigneusement les cicatrices, les ecchymoses qu'elle remarque sur mon corps tandis que je reste immobile, en caleçon. Et elle fait le compte des traces de gifles sur mon visage au cas où certaines lui auraient échappé la fois précédente. C'est une femme extrêmement minutieuse. Après quoi, elle m'ouvre la bouche et constate qu'il me manque des bouts de dents – conséquence du nombre de fois où ma tête a heurté les carreaux du plan de travail. Elle griffonne quelques notes sur son calepin, puis son regard se pose sur l'ancienne cicatrice qui me cisaille le ventre.

— C'est là qu'elle t'a donné un coup de couteau ? demande-t-elle, la gorge serrée.

— Oui, m'dame.

À peine ai-je répondu que je me mords les lèvres, pensant : *Seigneur, j'ai encore fait quelque chose de mal !* Nul doute que mon affolement se lit dans mes yeux, parce que l'infirmière dépose son bloc-notes pour me prendre dans ses bras. *Mon Dieu, comme elle est tendre !* Je n'ai aucune envie qu'elle me lâche. Les yeux bien fermés, je me laisse bercer sans que rien d'autre existe. Comme elle me caresse la tête, je me rétracte car ses doigts frôlent le bleu encore tout gonflé que La Mère m'a fait le matin même. Desserrant son étreinte, l'infirmière quitte alors la pièce. Moi, je me rhabille à toute vitesse. Cette femme ignore que je me dépêche pour tout.

Au bout de quelques minutes, elle revient accompagnée du directeur de l'école, M. Hansen, et de deux de mes professeurs, Mlle Woods et M. Ziegler. Étant donné le nombre de fois où je suis allé dans son bureau – plus que n'importe quel autre élève – M. Hansen me connaît très bien. Il parcourt mon dossier tandis que l'infirmière lui fait son rapport. Quand il me lève le menton, j'ai la trouille de le regarder dans les yeux. C'est une vieille habitude contractée à force d'avoir affaire à La Mère que mon souci de ne rien lui révéler accentue. Un an auparavant, il avait téléphoné à La Mère pour l'interroger sur mes ecchymoses. N'étant, à l'époque, pas au courant de ma situation familiale, il me considérait comme un gamin problématique qui chapardait de la bouffe. Le lendemain, à mon arrivée en classe, il avait vu les traces de coups. Depuis, il n'a plus jamais téléphoné.

Soudain, M. Hansen vocifère qu'il en a assez de tout ça. Je manque sauter au plafond tellement j'ai la frousse tandis qu'un cri me déchire : *Il va retéléphoner à La Mère !* J'éclate en sanglots. Tremblant de tous mes membres, je le supplie en bafouillant comme un bébé :

— S'il vous plaît, pas aujourd'hui ! Vous ne comprenez pas ? C'est vendredi !

Après m'avoir promis de ne pas appeler La Mère, M. Hansen me renvoie en classe. Étant donné l'heure, c'est déjà le cours d'anglais où je me précipite. Mlle Woodworth nous fait une dictée sur les noms des États américains et de leur capitale. Je ne l'ai pas préparée. Bien qu'étant plutôt bon élève, j'ai tout laissé tomber depuis quelques mois – même l'évasion que me procurait l'étude.

Dès mon arrivée dans la salle de classe, les élèves se bouchent le nez et me huent. L'institutrice, une jeune suppléante qui n'est guère habituée à mon odeur, balaie de la main l'air qui lui monte au nez. À bout de bras, elle me tend une copie. Cela étant, je n'ai pas le temps d'atteindre mon pupitre – situé au fond de la pièce, près d'une fenêtre ouverte –, car on me convoque de nouveau chez le directeur. Toute la classe me conspue – je suis le rebut de la septième.

Je cours vers le bureau de l'administration où j'entre en coup de vent.

Ma gorge irritée me fait toujours mal – une conséquence du petit jeu auquel La Mère s'est amusée avec moi hier. Aussitôt, la secrétaire m'emmène dans la salle des professeurs. Il me faut un instant pour accommoder ma vue. M. Ziegler, mon professeur principal, Mlle Woods, ma prof de maths, l'infirmière de l'école et un agent de police sont assis autour d'une table. Pétrifié, j'hésite entre prendre mes jambes à mon cou ou attendre que le ciel ne me tombe sur la tête. M. Hansen me fait signe d'entrer et la secrétaire referme la porte. À peine ai-je pris place au bout de la table que je m'empresse d'assurer n'avoir rien piqué… aujourd'hui. Un sourire illumine les visages soucieux de ces personnes qui, je l'ignore, s'apprêtent à risquer leur place pour me sauver.

Le fonctionnaire de police m'explique alors pourquoi M. Hansen l'a appelé. Je me tasse sur mon siège. D'autant que le policier me demande de tout lui raconter sur La Mère. Je refuse. Avec tous ces gens au courant de mon secret, elle va finir par le découvrir. Une voix douce – celle de Mlle Woods me semble-t-il – me rassure en m'affirmant que tout va bien. Je prends une profonde inspiration et, me tordant les mains, me mets à table à contrecœur. L'infirmière ne tarde pas à me prier de me lever pour montrer la cicatrice de mon ventre au policier. Fermement, je leur dis qu'il s'agissait d'un accident. Et c'est la vérité : La Mère ne voulait pas me donner ce coup de couteau. En larmes, je vide mon sac en insistant sur le fait que je mérite ces punitions parce que je suis un sale gamin. Je n'ai qu'une envie, celle qu'on me laisse tranquille tant je me sens ignoble. Sans compter qu'au bout de tout ce temps, je suis persuadé que personne ne peut plus rien pour moi.

Après quoi, on m'invite à passer dans le bureau attenant. Comme je referme la porte, je vois les adultes me regarder avec des signes de tête approbateurs. Perché, dans tous mes états, sur ma chaise, j'observe la secrétaire en train de taper un texte. Au bout d'une éternité – du moins on le dirait –, M. Hansen me prie de revenir dans la salle des professeurs que quittent Mlle Woods et M. Ziegler, l'air à la fois préoccupé et satisfait. Mlle Woods s'agenouille pour me prendre dans ses bras ; je n'oublierai jamais l'odeur de ses cheveux. Elle se relève en me tournant le dos pour dérober ses larmes à ma vue. Du coup, je suis vraiment inquiet. Et quand M. Hansen me donne un plateau-repas de la cafétéria, je suis stupéfait : *Mon Dieu, c'est déjà l'heure du déjeuner !*

Je l'engloutis à une telle rapidité que je ne savoure rien. En un clin d'œil, j'ai tout terminé. Le directeur revient avec une boîte de petits gâteaux qu'il me recommande de ne pas manger trop vite. Ce qui se trame, je n'en ai pas la moindre idée. Alors, j'essaie de deviner. Et si papa – séparé de La Mère – était venu me chercher ? Mais c'est un rêve ! D'ailleurs, le policier veut que je lui donne mon adresse, mon numéro de téléphone. *Voilà ! On me renvoie en enfer ! Et elle va me le faire payer cher !*

Toujours est-il que l'agent griffonne sous le regard scrutateur de M. Hansen et de l'infirmière. Puis, il referme son calepin et déclare au directeur disposer de suffisamment d'éléments. La honte me submerge. *Ils savent. Ils connaissent la vérité à propos de La Mère. Toute la vérité.* Il est très important qu'ils comprennent que je ne suis pas un vaurien. Je voudrais tant qu'on m'accepte, qu'on m'aime. Je retourne dans le couloir où Mlle Woods pleure dans les bras de M. Ziegler. Je l'entends renifler. Après m'avoir de nouveau embrassé, elle se détourne vite. Quant à M. Ziegler, il me donne une poignée de main et souffle :

— Sois sage.

— Oui, m'sieur. Je vais essayer.

C'est tout ce que j'arrive à sortir.

Silencieuse, l'infirmière se tient à côté de M. Hansen. Comme ils me disent au revoir à tour de rôle, je suis persuadé que je vais en prison. *C'est parfait. Au moins, elle ne pourra plus me tabasser.*

Accompagné par le policier, je passe devant la cafétéria pour sortir. Il y a des élèves de ma classe qui jouent au ballon. Certains s'interrompent pour hurler : « David, en tôle ! David, en tôle ! » L'agent me touche l'épaule en me répétant que je n'ai rien à craindre. Tandis que nous nous éloignons, dans sa voiture, de l'école primaire Thomas Edison, j'aperçois quelques gamins manifestement déroutés par mon départ. Alors je me rappelle la promesse de M. Ziegler de révéler la vérité – toute la vérité – aux élèves. J'aurais donné n'importe quoi pour être dans la classe au moment où ils apprendraient que je ne suis pas si ignoble que ça.

À notre arrivée au poste de police de Daly City, je refuse de descendre de la voiture parce que je m'attends à y trouver La Mère. L'agent ouvre la portière, me prend gentiment par le coude et m'emmène dans un grand bureau où il n'y a personne. Il va s'installer sur une chaise dans un coin de la pièce pour taper à la machine. Je le regarde attentivement tout en mangeant – lentement – mes petits gâteaux. Ne sachant pas quand j'aurai de nouveau quelque chose à me mettre sous la dent, je les savoure.

Le policier termine de remplir ses formulaires à plus de 13 heures. Immédiatement, il me redemande mon numéro de téléphone.

— Pourquoi ?

C'est en gémissant que je pose la question.

— David, il faut que je l'appelle, me répond-il gentiment.

— Non ! Vous n'avez qu'à me renvoyer à l'école ! Enfin, vous n'avez pas pigé qu'elle ne doit surtout pas savoir que j'ai tout avoué ?

M'ayant donné un autre petit gâteau pour me calmer, le policier compose lentement le numéro. Sans quitter le cadran noir des yeux, je me lève, m'approche de lui et me penche le plus possible pour entendre la sonnerie. La Mère décroche. Sa voix m'épouvante. D'un geste, le policier me repousse tout en reprenant son souffle :

— Madame Pelzer, ici l'agent Smith du poste de police de Daly City. Je vous informe que votre fils David ne rentrera pas aujourd'hui. Il a été confié au Service de protection des mineurs de San Mateo à qui vous pouvez téléphoner si vous avez des questions.

Après avoir raccroché, il me demande en souriant :

— Eh bien tu vois, ce n'était pas si difficile que ça, hein ?

À l'expression de son visage, je conclus néanmoins que c'est plutôt lui qu'il cherche à rassurer que moi.

Peu après, nous roulons sur la route 280 en direction de la banlieue de Daly City. Nous passons devant un panneau noir qui se dresse à ma droite où il est écrit : *La Plus Belle Route du Monde*. Une fois que nous sommes sortis de la ville, le policier m'annonce avec un sourire de soulagement :

— Eh bien, David Pelzer, te voilà libre !

— Quoi ?

Serrant mon unique source de nourriture contre moi, j'ajoute :

— Enfin, j'y pige que dalle ! Vous m'emmenez pas dans une espèce de prison ?

L'agent me tapote gentiment l'épaule.

— Mais non voyons. Rassure-toi. En tout cas, ta mère ne pourra plus jamais te faire de mal.

Comme je me cale de nouveau sur mon siège, un rayon de soleil m'éblouit. Je détourne le visage où coule une larme – une seule. *Est-ce que c'est vraiment la liberté* ?

2

Le bon temps

Avant que je ne devienne victime de sévices, nous formions la famille idéale des années 1960. Mes deux frères et moi avions la chance d'avoir des parents merveilleux, aimants, attentionnés, qui nous choyaient.

On habitait une maison modeste, de deux chambres, située dans ce qui était considéré comme un quartier convenable de Daly City. J'ai le souvenir d'avoir contemplé par la fenêtre du salon – les jours de beau temps – les tours couleur orange vif du Golden Gate Bridge et la belle ville de San Francisco qui se découpait à l'horizon.

Stephen Joseph, mon père, était pompier dans une caserne du centre de San Francisco. Mesurant un mètre soixante-dix, pesant dans les quatre-vingt-cinq kilos, ses épaules carrées, ses bras musclés auraient fait l'orgueil de n'importe quel athlète. Il avait des sourcils très touffus assortis à ses cheveux noirs. En tout cas, il suffisait qu'il me cligne de l'œil et m'appelle *mon petit lion* pour que le roi ne soit pas mon cousin.

Quant à ma mère, Catherine Roerva, c'était une femme de taille moyenne dont l'apparence ne sortait pas vraiment de l'ordinaire. La couleur de ses cheveux et de ses yeux n'a pas laissé de trace dans ma mémoire. En revanche, elle rayonnait d'amour pour ses enfants. Douée d'une grande force de caractère – sa plus grande qualité –, elle avait toujours des tas d'idées et c'était elle qui régentait la famille. Lorsque j'avais quatre ou cinq ans, elle avait fait une chute et je me rappelle encore avoir eu l'impression qu'il ne s'agissait plus de la même femme. Papa était à la caserne. Sitôt notre dîner servi, elle était sortie de table pour aller peindre en rouge l'escalier menant au garage. Besogne qu'elle avait accomplie en toussant comme une perdue. Puis, elle avait fixé le caoutchouc sur les marches sans attendre que la peinture sèche. Du coup, il y en avait partout. Ayant terminé, elle était rentrée s'écrouler sur le canapé. Quand je lui avais demandé pourquoi elle n'avait pas attendu que tout soit sec pour poser les tapis, elle m'avait répondu : « Pour faire une surprise à ton père. »

En matière de ménage, maman était une maniaque de la propreté. Dès qu'elle avait donné le petit déjeuner à mes frères, Ron et Stan, et à moi, elle se lançait dans un récurage à fond de la maison. Aucun recoin n'échappait à son torchon. À mesure qu'on grandissait, elle veillait à ce qu'on range nos chambres. En outre, elle entretenait avec amour notre petit jardin dont les fleurs faisaient l'envie des voisins. À dire vrai, maman transformait en or tout ce qu'elle touchait. D'autant qu'elle ne croyait pas aux demi-mesures et ne cessait de nous répéter qu'il fallait nous donner à fond dans tout ce que nous entreprenions.

Enfin, maman était un véritable cordon-bleu et, de toutes les tâches qui lui incombaient, je crois qu'elle préférait par-dessus tout préparer des plats nouveaux ou exotiques. Si papa était là, elle se surpassait.

Certaines fois, quand mon père travaillait, elle nous emmenait faire des balades passionnantes en ville. Il y en a une – au quartier chinois de San Francisco – qui s'est gravée dans ma mémoire grâce à sa description si détaillée de la civilisation chinoise. À notre retour, elle mit un disque. Une magnifique musique orientale résonna dans toute la maison tandis qu'elle décorait la salle à manger de lanternes chinoises. Après quoi, vêtue d'un kimono, elle nous servit un repas aux saveurs étranges mais délicieuses et, à la fin, nous donna des beignets chinois dont elle nous lut les prédictions. J'eus l'impression que la mienne jetait un éclairage sur mon destin. Quand je sus lire, j'ai retrouvé le bout de papier où il était écrit : « Aime et honore ta mère, car elle est le fruit qui te donne la vie. »

À cette époque, la maison était remplie d'animaux : chats, chiens, poissons exotiques dans des aquariums, sans compter une tortue appelée Thor, dont je me souviens parfaitement parce que maman m'avait laissé choisir son nom. Quelle fierté n'en avais-je pas tirée ! C'était enfin mon tour alors que mes frères avaient baptisé les autres animaux. En fait, je lui avais donné le nom de mon personnage de dessin animé préféré.

Les aquariums de vingt-deux et quarante-cinq litres pullulaient dans la maison. Deux dans le salon. Un autre, plein de poissons arc-en-ciel, dans notre chambre. Maman les avait décorés avec beaucoup de créativité. Non seulement ils étaient chauffés, mais elle y avait mis du gravier de couleur et du papier d'aluminium pour y ajouter une note de réalisme. On s'asseyait souvent devant les aquariums pour l'écouter nous parler des différentes espèces de poissons.

Maman nous donna sa leçon la plus mémorable un certain dimanche après-midi, saisissant l'occasion offerte par le comportement plus que bizarre d'une de nos chattes pour nous expliquer le phénomène de la naissance. Une fois les chatons sortis du ventre de leur mère, elle nous révéla le mystère de la vie. Au vrai, quelle que soit notre activité, maman trouvait toujours le moyen de nous éduquer sans que nous en soyons toujours conscients.

À cette époque bénie, Halloween marquait le début des vacances pour nous. En octobre, par une nuit de pleine lune, maman nous emmenait tous les trois admirer la Grosse Citrouille suspendue au-dessus de nos têtes. Dès qu'on rentrait dans notre chambre, elle nous conseillait de fouiller sous notre oreiller où nous trouvions immanquablement des petites voitures de course. En entendant nos cris de joie, elle rayonnait de fierté.

Le lendemain de Thanksgiving, maman disparaissait au sous-sol d'où elle revenait chargée d'énormes boîtes bourrées de décorations de Noël. Et, juchée sur un escabeau, elle les suspendait aux poutres donnant ainsi à la maison un air de fête accentué par les bougies rouges qu'elle ne manquait pas de disposer sur le buffet de la salle à manger. En outre, les vitres des fenêtres du salon étaient constellées de flocons de neige en papier et l'on accrochait des guirlandes de lampions autour de celles de nos chambres. Ainsi, je m'endormais tous les soirs en les regardant clignoter.

Quant au sapin de Noël, il ne mesurait jamais moins de deux mètres cinq ; la famille passait des heures à le décorer. Papa nous hissait – à tour de rôle – dans ses bras robustes pour qu'on place l'ange au sommet de l'arbre. Une fois tout terminé, nous dînions, puis nous nous entassions dans le break pour aller admirer les maisons, rutilantes, du quartier. Maman avait beau nous rebattre les oreilles de ses idées pour le prochain Noël, mes frères et moi n'en savions pas moins que notre maison était la plus belle. À notre retour, elle nous installait devant un feu de cheminée, nous donnait du chocolat chaud et nous racontait des histoires tandis que le disque *White Chrismas* de Bill Crosby passait. Cette période des fêtes me mettait dans un tel état d'excitation que le sommeil me fuyait. Aussi maman me berçait-elle parfois, et je m'endormais en écoutant le feu crépiter.

À l'approche de Noël, une fébrilité croissante s'emparait de nous, les enfants. Les cadeaux s'empilaient au pied de l'arbre et lorsque le jour tant attendu arrivait, nous en avions chacun une bonne dizaine.

Le soir du réveillon, après un repas de fête, on avait le droit d'en déballer un. Après quoi, il fallait aller se coucher. Au lit, je tendais l'oreille, guettant le tintement des cloches du traîneau du père Noël mais je m'endormais, inévitablement, sans avoir entendu les rennes frôler le toit.

Avant l'aube, maman se faufilait dans notre chambre pour nous réveiller en murmurant : « Ça y est, le père Noël est passé ! » Une fois, elle nous offrit un casque en plastique jaune et nous fit parader jusqu'au salon. On mit un temps fou à déchirer les papiers de couleur des boîtes, à découvrir nos cadeaux. Ensuite, maman nous expédia, parés de nos nouvelles robes de chambre, dans le jardin pour admirer notre sapin gigantesque par la fenêtre. Cette année-là, maman était en larmes. Lorsque je lui ai demandé pourquoi elle était triste, elle m'a répondu pleurer de bonheur parce qu'elle avait une vraie famille.

Papa étant souvent obligé de travailler vingt-quatre heures d'affilée, maman en profitait pour nous faire découvrir des coins tels que le Golden Gate Park situé à proximité de chez nous. Elle y roulait lentement tout en attirant notre attention sur sa diversité et en s'extasiant sur ses fleurs. Le clou de la virée – gardé pour la fin –, c'était un tour à l'aquarium de Steinhart. Gravissant quatre à quatre l'escalier, mes frères et moi nous précipitions vers les imposantes portes de son entrée. Très excités, on se penchait par-dessus la rambarde de la grille en cuivre en forme d'hippocampe pour regarder la cascade et la mare où évoluaient crocodiles et tortues. Même si c'était l'endroit du parc que je préférais, l'idée de glisser entre les barreaux et de tomber dans cette eau croupie me terrifiait. Notamment une fois où, l'ayant sûrement senti, maman m'a pris la main avec une extrême douceur.

Pour nous, le printemps était synonyme de pique-niques. Lorsqu'il y en avait un de prévu, maman préparait la veille un festin composé de poulet grillé, de salades, de sandwichs, d'une kyrielle de desserts. Et nous partions dès potron-minet le lendemain pour Junipero Serra Park par exemple. À peine arrivés, mes frères et moi bondissions à perdre haleine dans l'herbe haute ou prenions d'assaut les balançoires. À moins qu'on ne se lance dans l'exploration d'un sentier inconnu. Maman était obligée de nous arracher à nos jeux pour le déjeuner qu'on engouffrait à toute vitesse, avant de repartir vers de nouvelles aventures. Quant à nos parents, ils avaient l'air heureux allongés côte à côte sur la couverture à boire du vin rouge en nous regardant jouer.

Certes, le plus palpitant, c'était notre départ pour les vacances d'été que maman planifiait d'une main de maître. Ne négligeant aucun détail, elle tirait une grande fierté de leur réussite. À l'ordinaire, nous allions à Portola ou au Memorial Park où nous campions une semaine dans notre énorme tente verte. Il arrivait toutefois que papa traverse le Golden Gate Bridge pour nous emmener au nord. Alors, ma joie était à son comble car nous allions vers le paradis sur terre pour moi : la rivière Russian.

L'équipée la plus mémorable que l'on y fit eut lieu lors de mon année de maternelle. Maman avait demandé l'autorisation que je sorte une heure plus tôt le dernier jour de classe. Dès que j'ai entendu le Klaxon de papa, j'ai franchi d'un bond le monticule près de l'école pour me précipiter dans la voiture. Sûr de notre destination, je ne tenais pas en place tout en étant fasciné par les vignobles que je voyais défiler sans fin. À notre arrivée dans le village tranquille de Guerneville, j'ai baissé la fenêtre pour m'imprégner des effluves des séquoias.

Là-bas, chaque jour était une aventure. Avec mes frères, on passait le plus clair du temps – chaussés de bottes en caoutchouc – à grimper sur une vieille souche carbonisée, ou nous baigner dans la rivière, à Johnson Beach. L'excursion à cette plage prenait d'ailleurs toute la journée, de 9 heures du matin au milieu de l'après-midi. C'est là que maman nous a appris à nager, dans une petite cuvette où l'on avait pied. L'été en question, elle m'a montré comment crawler sur le dos. Quand j'y suis arrivé, elle a eu l'air très fier.

En tout cas, c'était un lieu magique. Une fois, papa et maman nous emmenèrent admirer le coucher du soleil. Main dans la main, nous nous sommes faufilés devant le chalet de M. Parker pour atteindre la berge. L'eau vert émeraude de la rivière miroitait. Les geais bleus agressaient les autres oiseaux de leurs piaillements tandis qu'une brise tiède soufflait. En silence, nous avons vu la boule de feu disparaître derrière les arbres puis le ciel se diaprer de lueurs éclatantes, orange et bleue. Des mains se sont posées sur mes épaules. Croyant qu'il s'agissait de papa, je me suis retourné et, bouleversé, j'ai découvert que c'était maman. Elle me serrait si fort que je sentais les battements de son cœur. Je n'ai jamais eu autant le sentiment d'être aimé, choyé qu'au bord de la rivière Russian, à ce moment-là.

3

Le vilain garnement

Mes rapports avec maman se sont radicalement transformés lorsque sa sévérité est devenue un élément incontrôlable de son mode de vie. Si intenable que ce soit au demeurant, je n'avais pas la force de m'enfuir – fût-ce pour sauver ma peau.

Il est possible qu'enfant, j'ai eu une voix plus stridente que celle des autres. En outre, manque de pot, j'étais toujours celui qui se faisait choper bien que mes frères soient souvent coupables du même délit que moi. D'abord, maman s'est contentée de me mettre au coin dans notre chambre. Il n'empêche qu'elle commençait déjà à me faire peur. Et pas qu'un peu. Jamais je ne lui demandais de me laisser sortir, attendant qu'un de mes frères aille la supplier de mettre un terme à la punition.

En tout cas, le comportement de maman changea du tout au tout. Il lui arrivait – quand papa était au travail – de rester en peignoir toute la journée, allongée sur le canapé, à regarder la télé. Elle ne se levait que pour aller aux toilettes, se verser un autre verre ou réchauffer des restes. Quand elle nous grondait, sa voix n'était plus celle d'une mère aimante mais celle d'une affreuse sorcière qui me donna vite froid dans le dos. Si elle s'en prenait à l'un de mes frères, je courais me cacher dans la chambre, avec l'espoir qu'elle retournerait à son canapé, à son verre, à son émission de télé. Au fil du temps, j'en vins à deviner mon sort de la journée aux vêtements de La Mère. Pour peu qu'elle sorte de sa chambre bien habillée, maquillée et souriante, je poussais un soupir de soulagement.

À un moment donné, La Mère, ne trouvant plus le coin assez efficace, inventa la punition du miroir. Celle-ci consistait à m'écraser le visage ruisselant de larmes sur une glace tandis qu'elle me forçait à rester planté devant en répétant : « Je suis un vilain garnement ! » Les bras plaqués le long du corps, je me balançais d'avant en arrière, redoutant la prochaine pub de la télé au cours de laquelle La Mère ne manquerait pas de venir s'assurer que j'avais toujours le visage collé au miroir. Si mes frères entraient dans la pièce où je faisais le pied de grue, ils se contentaient de me lancer un coup d'œil avant de retourner à leurs jeux – comme si je n'existais pas. La jalousie qu'ils m'inspirèrent au début se dissipa dès que je compris qu'ils essayaient de sauver leur peau.

Quand papa était au travail, La Mère avait des lubies. Ainsi, elle nous obligeait, mes frères et moi, à fouiller la maison sous prétexte qu'elle avait perdu quelque chose. En général, ça commençait le matin et durait des heures. Naturellement, c'était toujours moi qu'elle envoyait dans le garage qui se trouvait au sous-sol. Même là, je tremblais en entendant les gueulantes que La Mère poussait contre l'un de mes frères.

Cette manie continua des mois durant. Au bout du compte, je fus le seul sur qui cela retomba. Une fois, ayant oublié ce que je cherchais, je lui ai craintivement demandé de me le rappeler. J'eus droit à une gifle immédiate qu'elle me donna sans se lever du canapé, sans détourner les yeux de la télé. Du sang gicla de mon nez ; je fondis en larmes. Du coup, La Mère déchira un bout de la serviette en papier qu'elle avait pris sur la table et me débarbouilla en hurlant :

— Voyons, tu le sais parfaitement. Et tu es prié de le trouver !

Bien entendu, je me suis précipité derechef au sous-sol, faisant tout le bruit possible pour la convaincre de mon obéissance. Plus cette sorte de chasse au trésor de La Mère devenait une institution, plus je rêvais de retrouver l'objet perdu. Je me voyais remonter l'escalier avec mon trophée, accueilli par maman qui me couvrait de baisers. Dans ma fantasmagorie du reste, la famille était heureuse jusqu'à la fin des temps. En réalité, je n'ai jamais mis la main sur quoi que ce soit et La Mère ne se faisait pas faute de me traiter de minable.

J'étais encore très petit lorsque je m'aperçus qu'en présence de papa La Mère ressemblait plus à la maman d'avant. Coiffée, bien habillée, détendue, ce n'était plus la même femme. Papa à la maison – ce que j'adorais – signifiait l'absence de coups, du supplice du miroir ou de la chasse au trésor. Papa fut promu au rang de protecteur dans mon panthéon. Qu'il descende bricoler au garage, j'étais sur ses talons. Qu'il lise le journal dans son fauteuil de prédilection, je m'installais à ses pieds. Le soir, la table une fois débarrassée, papa faisait la vaisselle que j'essuyais. Bref, j'étais sûr d'être à l'abri tant que j'étais à côté de lui.

Un jour, avant de partir à la caserne, il m'a tourneboulé. Après avoir embrassé Ron et Stan, il s'est accroupi et, me serrant les épaules, m'a recommandé d'être sage. Les bras croisés, La Mère se tenait derrière lui, un sourire sarcastique aux lèvres. Au regard de papa, j'ai compris que j'étais – pour l'heure – un vilain garnement. Un frisson glacé m'a parcouru tandis que je m'accrochais à ses basques pour le retenir. Mais il est sorti sans ajouter un mot.

Il y eut, après cet avertissement, une brève période au cours de laquelle les choses se tassèrent entre La Mère et moi. Quand papa était à la maison, je m'amusais avec mes frères dans notre chambre ou dehors. À 15 heures, maman allumait la télé. On avait le droit de regarder les dessins animés tandis que c'était l'heure de l'apéritif pour les parents. Mon père disposait une armée de bouteilles et de grands verres fantaisie sur le plan de travail de la cuisine. Il découpait des rondelles de citron – vert et jaune – qu'il mettait dans des petits bols à côté d'un bocal de cerises. Après quoi, ils picolaient – souvent jusqu'au moment où nous allions nous coucher. Je me souviens qu'ils dansaient dans la cuisine au son de la musique de la radio. Enlacés, ils avaient l'air heureux ; moi, je croyais mon calvaire terminé. Au contraire, ce n'était qu'un avant-goût.

Environ deux mois plus tard, un dimanche où papa était de garde alors que mes frères et moi jouions dans notre chambre, La Mère s'est précipitée dans le couloir en nous appelant à cor et à cri. Ron et Stan ont couru se cacher dans le salon. Quant à moi, je me suis assis les bras en l'air. La

Mère est entrée et s'est approchée de moi. Du coup, j'ai reculé ma chaise vers le mur que ma tête a fini par toucher. Empestant l'alcool, elle avait des yeux rouges et vitreux. J'ai fermé les miens. Les coups ont commencé à pleuvoir. Je me suis protégé le visage de mes mains qu'elle s'est escrimée à écarter, continuant de me tabasser comme si elle n'allait jamais s'arrêter. J'ai enfin réussi à lever le bras gauche qu'elle a attrapé. Mais ce geste l'a fait trébucher. Et, lorsqu'elle s'est redressée pour se remettre d'aplomb, j'ai entendu un craquement tandis qu'une douleur fulgurante me transperçait l'épaule et le bras. L'expression stupéfaite de La Mère m'a montré que le bruit ne lui avait pas échappé, mais elle m'a lâché puis s'est éloignée comme si de rien n'était. J'avais horriblement mal. Sans me laisser le temps d'examiner mon bras, La Mère m'a sommé de venir dîner.

Affalé devant le plateau placé devant la télé, j'ai essayé d'avaler quelque chose sans arriver à prendre mon verre de lait. Mon bras gauche était inerte. La Mère ne réagit pas à mon regard implorant. À l'évidence, quelque chose n'allait pas du tout mais je n'ai pas osé ouvrir la bouche. En fin de compte, elle m'a envoyé me coucher tôt dans nos lits superposés, en me recommandant de prendre celui du dessus, non celui du dessous comme d'habitude. Je ne me suis endormi qu'à l'aube, me soutenant le bras avec précaution.

Peu de temps après, la Mère m'a réveillé. Il fallait qu'elle m'explique – séance tenante – que j'étais tombé du lit, donc de haut, pendant la nuit. L'air très inquiet, elle me conduisit à l'hôpital où le docteur ne parut pas convaincu par la fable de l'accident. Son regard était éloquent. Il n'empêche, qu'une fois de plus, je n'ai pas moufté. De retour à la maison, La Mère raconta à papa une histoire agrémentée de détails rocambolesques, prétendant qu'elle avait tout fait pour me rattraper au vol. Assis sur ses genoux, je l'écoutai sortir ses bobards, convaincu qu'elle ne tournait décidément pas rond. La terreur m'empêcha de révéler l'origine de « l'accident », qui resta un secret entre nous deux. Nul doute que le prochain serait plus grave si je vendais la mèche.

L'école était mon refuge, le seul endroit où j'étais hors de portée de La Mère. Aux récréations, je me défoulais, fonçais dans la cour, toujours prêt aux jeux les plus audacieux. Je me faisais facilement des amis et j'étais parfaitement heureux. Un jour, à la fin du printemps, La Mère m'expédia dès mon retour dans sa chambre où elle me menaça de me retirer de la classe de onzième tant j'étais un vilain garnement. Je fus abasourdi. Non seulement j'avais des bonnes notes, mais mon institutrice avait l'air d'apprécier l'élève docile que j'étais. La Mère ajouta que j'étais la honte de la famille, que je serai sévèrement puni. D'ores et déjà, elle m'interdisait de regarder la télé. Et ce, pour toujours. Ensuite, j'étais privé de déjeuner et prié de faire tous les travaux qu'elle jugerait bon de m'indiquer. Enfin, après une dernière raclée, La Mère m'envoya au garage avec l'ordre d'y rester jusqu'à ce qu'elle m'appelle pour aller me coucher.

L'été de la même année, on me déposa sans m'avoir prévenu chez ma tante Joe alors qu'on était en route pour le camping. Au départ du break de la famille, je me suis senti pestiféré. Tristesse et sentiment de vide ont pris possession de moi. Sans tarder, j'ai tenté de m'enfuir, n'ayant qu'une idée en tête : celle de retrouver ma famille et – aussi étrange que cela paraisse – La Mère. Bien sûr, je ne suis pas allé bien loin. Par la suite, ma tante rapporta cette fugue à la Mère. Et dès que papa travailla vingt-quatre heures d'affilée, je l'ai payé cher. Gifles, coups de poing, de pied, La Mère ne s'arrêta qu'en me voyant recroquevillé par terre. J'eus beau essayer de lui expliquer que j'avais fait ça parce qu'elle me manquait, elle ne voulut rien entendre. Comme je m'obstinais, La Mère se précipita dans la salle de bains où elle prit un savon qu'elle m'enfonça dans la gorge. Désormais, je n'avais l'autorisation de parler que si elle m'en donnait l'ordre.

J'ai donc redoublé. Mais connaissant le programme, je fus promu au rang de petit génie de la classe ce qui me combla de joie. En outre, Stan était aussi en onzième. Alors je jouais avec lui à la récré. Il n'empêche que, si nous étions les meilleurs amis du monde à l'école, nous savions qu'il valait mieux qu'il me batte froid à la maison.

Un jour, je suis rentré à la maison ventre à terre pour montrer un devoir qui m'avait valu une bonne note à La Mère. Celle-ci m'accueillit par des hurlements. Elle prétendit avoir reçu une lettre du pôle Nord qui l'avertissait que le père Noël ne m'apporterait aucun cadeau parce que j'étais un trop vilain garnement. Folle de rage, elle m'accusa d'être – de nouveau – le vilain petit canard de la famille. Médusé, je l'ai écoutée me fustiger avec l'impression d'être dans un cauchemar de son invention, priant pour qu'elle se réveille au plus vite. En tout cas, cette année-là, il y eut très peu de cadeaux pour moi au pied de l'arbre, et ils m'étaient tous offerts par des parents éloignés. Le matin de Noël, lorsque Stan osa demander à La Mère pourquoi le père Noël ne m'avait apporté que deux boîtes de peinture, elle le sermonna : « C'est qu'il ne donne des jouets qu'aux enfants sages. » Un coup d'œil à mon frère me prouva qu'il était au courant du jeu monstrueux de La Mère tant il avait l'air triste. C'était jour de fête, je n'en fus pas moins obligé de me changer pour m'atteler à mes corvées. Comme je récurais la salle de bains, les cris des parents qui se disputaient me parvinrent. La Mère reprochait à papa de m'avoir acheté des boîtes de peinture derrière son dos, clamant que c'était son rôle de dresser *Le Garçon,* qu'il sapait son autorité en m'offrant des cadeaux. Les justifications de mon père attisaient sa rage. Il ne m'a pas fallu longtemps pour comprendre qu'il flanchait et que j'étais plus isolé que jamais.

Quelques mois plus tard, La Mère devint animatrice d'une troupe de louveteaux. Vu qu'elle les traitait comme des princes lorsqu'ils venaient à la maison, ils ne tarissaient pas d'éloges sur elle, m'avouant combien ils auraient aimé que leur mère lui ressemble. Rongeant mon frein, je me demandais à part moi quelle aurait été leur réaction en apprenant la vérité. De toute façon, elle ne le resta que peu de temps. À mon grand soulagement. J'ai pu ainsi retourner chez les autres gosses pour les réunions du mercredi.

Un mercredi, je suis rentré de l'école enfiler mon uniforme – bleu et or – de louveteau. La Mère était seule à la maison. À son regard, j'ai deviné qu'elle en avait après moi. L'instant d'après, elle m'écrabouilla le visage contre le miroir, puis, m'attrapant par le bras, elle m'entraîna dans la voiture. Durant le trajet jusqu'à la maison où se tenait la réunion, elle me détailla ce qu'elle me réservait pour mon retour. Je me suis recroquevillé sur le siège, le plus loin possible de La Mère. Peine perdue. Elle m'a pris par le menton pour me relever la tête. Avec ses yeux injectés de sang, sa voix éraillée, on l'aurait crue possédée du diable. À peine arrivé, je me suis rué chez la mère animatrice à qui j'ai expliqué, les larmes aux yeux, que je ne pouvais assister à la réunion parce que je n'avais pas été sage. Un sourire poli aux lèvres, celle-ci me répondit qu'elle espérait que je viendrais à la prochaine. Cette dame, je ne l'ai plus jamais vue.

Une fois à la maison, La Mère m'a obligé à me déshabiller et à me mettre debout devant la cuisinière. Alors que je tremblais – de peur et de honte –, elle m'a révélé la nature de mon délit. Il lui arrivait de prendre la voiture pour aller nous regarder jouer, mes frères et moi, pendant la pause déjeuner. Or, ce jour-là, elle m'avait vu fouler la pelouse – ce qu'elle interdisait absolument. C'était faux ; elle se trompait. Mes dénégations m'ont valu un violent coup de poing sur le visage.

Après quoi, elle a allumé les brûleurs à gaz de la cuisinière tout en me parlant d'un article qu'elle venait de lire sur une mère qui avait forcé son fils à s'allonger sur un fourneau brûlant. Paralysé de peur, les jambes flageolantes, j'aurais voulu rentrer sous terre. Alors que, les yeux fermés, je priais de toutes mes forces pour qu'elle parte, sa main s'est refermée comme un étau sur mon bras.

— À cause de toi, ma vie est un enfer, ricana-t-elle. Il est grand temps que je te montre à quoi ça ressemble !

Et elle passa mon bras sur la flamme dont la chaleur me donna l'impression de faire exploser ma peau. L'odeur des poils roussis flotta jusqu'à moi. Je me débattis comme un forcené sans réussir à échapper à La Mère. Au bout du compte, je me suis effondré à quatre pattes, m'efforçant de souffler sur mon bras.

— Dommage que ton poivrot de père ne soit pas là pour te sauver !

À peine cette raillerie lancée, La Mère m'a ordonné de me relever pour m'allonger sur la cuisinière où elle voulait me voir rôtir à petit feu. En larmes, j'ai refusé et l'ai suppliée en trépignant d'épouvante. En vain. Elle a continué à essayer de m'y faire grimper de force tandis que je priais pour qu'il n'y ait plus de gaz.

Puis, je me suis rendu compte que mes chances d'échapper au supplice dépendaient de ma capacité de me défendre. En effet, La Mère n'oserait jamais se conduire avec un tel sadisme en présence d'un tiers, or mon frère Ron n'allait pas tarder à rentrer de sa réunion de scouts. Bref, il me fallait gagner du temps pour avoir la vie sauve. Un coup d'œil à la pendule suffit pour me montrer que les secondes s'égrenaient avec une lenteur terrible et j'ai titillé La Mère en la bombardant de questions d'un ton geignard. Sa fureur décuplée la poussa à me rouer de coups qui renforcèrent mon sentiment d'avoir gagné. De toute façon, tous les moyens étaient bons pour éviter d'être brûlé vif.

La porte d'entrée s'ouvrit enfin. Ron. Ouf ! Devinant qu'elle avait perdu, la Mère, livide, se figea. J'en ai profité pour m'emparer de mes hardes et foncer dans le garage où je me suis rhabillé à tout berzingue. Ensuite, adossé au mur, j'ai pleurniché jusqu'à ce que je réalise ma victoire. Grâce à mon intelligence, j'avais gagné du temps. J'étais sauvé. Pour la première fois de ma vie, j'avais triomphé de La Mère !

Seul dans le garage sombre suintant d'humidité, je compris que j'avais la capacité de survivre. Du coup, j'ai pris la décision d'avoir recours à toutes les ruses possibles pour vaincre La Mère, du moins mettre des bâtons dans les roues de son obsession morbide. Si je voulais vivre, il fallait prévoir ses machinations, résister, au lieu de pleurer comme un mioche. Et je me suis juré de ne plus jamais donner à La Garce le plaisir de m'entendre implorer sa clémence.

À la fois très angoissé et en proie à une colère froide, je tremblais de tous mes membres glacés. Dans l'espoir d'apaiser les élancements qui me vrillaient le bras, j'ai léché ma brûlure. Cela me fit si mal que je faillis hurler, mais il était exclu de donner ce plaisir à La Mère. Je me suis imposé silence tout en entendant, là-haut, La Mère féliciter Ron de ne pas être un vilain garnement comme David.

4

Le ventre creux

L'été qui suivit l'incident de la cuisinière, il me parut évident que je n'avais d'autre refuge que l'école. Hormis un répit lors d'une partie de pêche, mes rapports avec La Mère oscillaient entre ses raclées et mes fuites. Elle me tabassait ; je courais au garage. Aussi la rentrée des classes de septembre fut-elle le comble du bonheur pour moi. En prime, j'eus droit à des vêtements neufs, à une gamelle rutilante. Cela dit, La Mère m'obligeant à porter la même chose tous les jours, dès le mois d'octobre je n'avais plus que des loques dégoûtantes à me mettre sur le dos. En plus, elle ne se donnait même plus la peine de masquer les ecchymoses dont mon visage et mes bras étaient constellés car à la moindre question, je sortais les réponses toutes faites qu'elle me fourrait dans le crâne.

Par-dessus le marché, elle m'oubliait pour le dîner depuis belle lurette et me fourguait les restes des céréales de mes frères en guise de petit déjeuner – enfin, les jours fastes, à condition que j'aie fini mon boulot avant de partir à l'école.

Le soir, j'avais tellement faim que mon estomac beuglait comme celui d'un ours enragé. Obsédé par la bouffe, n'arrivant pas à fermer l'œil, je me répétais comme une litanie : *Demain, j'aurai peut-être quelque chose pour le dîner.* Quand je m'endormais enfin, mes rêves étaient peuplés d'énormes hamburgers garnis dans lesquels je mordais. Viande ruisselante de graisse, épaisseur des tranches de fromage, condiments coincés entre la salade et les tomates, les moindres détails y figuraient. Au moment où je les approchais de ma bouche cependant, l'image disparaissait. Quoi que je fasse, je n'en avalais pas un morceau et me réveillais, le ventre encore plus vide que la veille. Fût-ce en rêve, il m'était impossible d'assouvir ma faim.

C'est alors que j'ai commencé à chaparder de la nourriture à l'école, l'estomac noué d'impatience à l'idée d'avoir bientôt quelque chose à me mettre sous la dent, et de trouille à celle de me faire piquer en flagrant délit. Ces larcins, je les commettais toujours avant le début des cours tandis que mes camarades jouaient dans la cour. Je m'approchais de ma classe en rasant les murs, puis m'agenouillais pour que personne ne me surprenne en train de farfouiller dans son déjeuner. Au début, ça a marché comme sur des roulettes, jusqu'à ce que les élèves s'aperçoivent de la disparition de gâteaux ou autres desserts. Du coup, je devins le souffre-douleur de la classe. Sans compter que mon institutrice en toucha un mot au directeur qui s'empressa d'informer La Mère. Ma chasse se transforma alors en spirale infernale, car au moindre rappel à l'ordre du directeur La Mère me tabassait deux fois plus et me mettait à la diète.

Comme elle en rajoutait le week-end sous prétexte de mes vols, je mijotais de nouvelles stratégies infaillibles le dimanche soir. L'une consistait à chaparder dans les paniers-repas des élèves des autres classes de onzième où l'on me connaissait moins. Elle réussit un petit moment, jusqu'à ce que le directeur associe les larcins à leur auteur.

À la maison, la sanction double – raclées et jeûne – entra dans les habitudes. Il est vrai que je ne faisais plus partie de la famille. C'est tout juste si on admettait mon existence. Au lieu de m'appeler par mon prénom, La Mère ne me mentionnait que comme : *Le Garçon*. Il m'était interdit de prendre mes repas à la table familiale, de jouer avec mes frères, de regarder la télévision. Enfermé à la maison, je n'avais pas le droit de sortir, ni de regarder quelqu'un, ni d'adresser la parole à qui que ce soit. Sitôt rentré de l'école, je me tapais les corvées imposées par La Mère. Et, dès que j'avais terminé, j'étais expédié au sous-sol avec l'ordre de n'en pas bouger jusqu'à ce qu'elle me rappelle pour débarrasser et faire la vaisselle. La Mère avait été très claire quant aux risques que j'encourais si elle me surprenait assis ou couché dans mon sous-sol. En un mot, j'étais son esclave.

Je plaçais tous mes espoirs en papa. À dire vrai, il faisait tout son possible pour me refiler des restes. Croyant que l'alcool la mettrait de meilleure humeur, il la soûlait. À moins qu'il ne s'escrime à la convaincre de cesser de me priver de nourriture ou à passer des marchés avec elle, lui promettant monts et merveilles. Autant de vaines tentatives. Solide comme un roc, La Mère n'en démordait pas et son alcoolisme empirait les choses. C'était un monstre.

D'ailleurs, les efforts de papa créaient des tensions. Ils en vinrent à se chamailler au milieu de la nuit. Couché dans mon lit, j'entendais leur ton monter jusqu'aux cris. Ils étaient tous les deux ivres ; La Mère hurlait les pires insanités. Quel que soit le prétexte de leur dispute, j'en étais tôt ou tard l'enjeu. Bien que papa cherchât à me protéger, je frissonnais parce qu'il perdait à tous les coups – une perspective des plus lugubres pour le lendemain. Au début, dès qu'une dispute éclatait, La Mère fonçait dans la voiture, démarrait à grand renfort de crissements de pneus, revenait au bout d'une heure. Et, le lendemain, l'un et l'autre se comportaient comme si de rien n'était. Si mon père trouvait une excuse pour descendre me donner en douce un quignon de pain, je lui en vouais une reconnaissance éperdue d'autant qu'il en profitait pour me promettre de ne pas me laisser tomber.

Cela étant, la fréquence des engueulades le fit changer. Au point qu'à son tour il filait en pleine nuit plus souvent. Dès son départ, La Mère me sortait du lit pour me traîner à la cuisine où, tremblant dans mon pyjama, j'encaissais ses coups. Elle m'envoyait valdinguer d'un bout à l'autre de la pièce et moi, prostré sur le carrelage, je faisais semblant de ne pas avoir la force de me relever. La tactique fit long feu. La Mère me tirait les oreilles pour me forcer à me mettre debout et, m'effleurant le visage de son haleine puant le whisky, m'invectivait – son message ne changeait pas : les problèmes entre mon père et elle, c'était ma faute. Tombant de fatigue, je n'avais d'autre défense que de baisser les yeux en attendant qu'elle soit à bout de souffle.

Quand La Mère attendit son quatrième bébé, j'étais en dixième. Préoccupée par ma distraction en classe, mon institutrice, Mlle Moss, s'intéressa à moi. Je prétendis regarder la télé tard. Loin d'être convaincue par mes bobards, elle me bombarda de questions non seulement sur ma somnolence, mais sur l'état déplorable de mes vêtements et sur mes bleus. La Mère m'ayant fourré des histoires à raconter dans le crâne, je me suis borné à les répéter.

Mlle Moss s'obstina et finit par faire part de ses inquiétudes au directeur pour qui j'étais un voleur. Il appela aussitôt La Mère. Eh bien, je vous garantis qu'à mon retour à la maison, on aurait dit qu'une bombe atomique venait d'exploser. Déchaînée, La Mère fulmina contre cette espèce d'institutrice hippie qui l'accusait de maltraiter son fils. Aussi s'empressa-t-elle de m'annoncer son rendez-vous du lendemain avec le directeur où elle n'aurait aucun problème à se justifier. À la fin de sa diatribe, il me manquait une dent et j'avais saigné deux fois du nez.

C'est avec un sourire radieux que La Mère m'accueillit à mon retour de l'école, après son entretien. Elle me décrivit sa tenue, précisant qu'elle avait emmené le bébé Russell et tout expliqué au directeur : « David a une imagination débordante. Depuis la naissance de son petit frère, il a tendance à se donner des coups, à s'érafler pour se rendre intéressant. » Rien de plus facile que de l'imaginer en train de déployer son charme de vipère, de cajoler Russell pour amadouer le directeur. Toujours est-il qu'elle s'était déclarée prête à coopérer avec le personnel enseignant. Lequel, pouvant l'appeler en cas de problème, était prié de ne plus faire attention à mes fables d'enfant battu, privé de nourriture. Debout dans la cuisine, je l'écoutais fanfaronner avec un sentiment de désespoir intense. À voir son regain de confiance, d'assurance, j'avais peur pour ma vie et n'avais d'autre désir que celui de disparaître à tout jamais. J'aurais voulu ne plus avoir affaire aux êtres humains.

Les vacances de cette année-là, on les passa au bord de la rivière Russian. En dépit d'une amélioration de mes rapports avec La Mère, la magie s'était dissipée. Promenades en charrette, saucisses grillées, histoires étaient reléguées aux oubliettes. Coincés au chalet la plupart du temps, on n'allait que très rarement à la plage Johnson.

Cherchant à nous distraire, papa nous emmenait au nouveau toboggan. Encore trop petit, Russell restait avec La Mère. Un jour où Ron, Stan et moi jouions chez un voisin, elle sortit dans la véranda et nous cria de rentrer immédiatement. Dès que je me suis retrouvé devant La Mère, elle m'a grondé sous prétexte que j'étais trop bruyant, m'interdisant de retourner au toboggan avec les autres. Mû par le pressentiment qu'elle me réservait un de ses tours abominables, je me suis assis sur une chaise dans un coin, espérant de toutes mes forces que mes frères et papa resteraient là. En vain. Dès leur départ, La Mère me mit une couche sale de Russell sous le nez qu'elle m'écrasa sur la bouille aussitôt. Je me suis gardé de faire le moindre geste qui n'aurait qu'envenimé les choses. Comme je ne levais pas les yeux, j'étais seulement conscient du souffle haletant de La Mère. Au bout de ce qui me parut une éternité, elle s'est agenouillée et, d'un ton mielleux, a susurré :

— Bouffe ça !

Fuyant son regard, j'ai regardé droit devant moi, prêt à résister : *Pas question !* Comme toujours, ma dérobade mit le feu aux poudres. La Mère me flanqua des gifles magistrales tandis que je me cramponnais à la chaise de crainte qu'elle ne me saute dessus si je me cassais la figure.

— Bouffe ça, répéta-t-elle avec un horrible ricanement.

Changeant mon fusil d'épaule, j'ai fondu en larmes en pensant : *Gagne du temps !* Pour me concentrer, j'ai compté en silence. Je n'avais d'autre allié que le temps. La Mère réagit à mes sanglots par une volée de claques, ne s'interrompant que lorsque Russell geigna.

Pour couvert de merde que soit mon visage, j'étais content. Une victoire n'était pas impossible. Je me suis nettoyé tant bien que mal tout en écoutant La Mère fredonner une berceuse à Russell que j'imaginais blotti dans ses bras. Si seulement il pouvait s'endormir ! Hélas, ce n'était pas mon jour de chance…

Un sourire encore accroché aux lèvres, La Mère fondit derechef sur sa proie. Elle m'attrapa par le cou pour me traîner dans la cuisine où une autre couche dégoûtante se trouvait sur le plan de travail. L'odeur me donna la nausée.

— Et maintenant, tu vas me faire le plaisir de bouffer ça ! gueula-t-elle.

Ses yeux étaient traversés des mêmes lueurs que le jour où elle avait voulu me faire brûler vif sur la cuisinière. Sans bouger la tête, j'ai cherché la pendule fixée au mur qui, en fait, était derrière moi. Or, faute d'avoir quelque chose sur quoi me concentrer, j'étais perdu car la situation m'échappait complètement. Je n'eus pas le temps d'y jeter un regard avant que La Mère ne m'emprisonne la nuque de ses mains en répétant pour la énième fois :

— Bouffe ça !

La puanteur était suffocante. Retenant mon souffle, j'ai fixé le bord supérieur de la couche. On aurait dit que les secondes étaient des heures. À l'évidence, La Mère devina ce que j'avais en tête, parce qu'elle me fourra le visage dans la couche et le tourna d'un côté à l'autre.

Comme je m'y attendais, j'avais fermé hermétiquement mes yeux et ma bouche. Un liquide tiède s'échappa de mon nez, le premier touché. Pour empêcher le sang de couler, je n'ai plus respiré et des bouts de crottes sanguinolents se sont insinués dans mes narines. Les mains agrippées au comptoir, j'ai essayé de me dégager de sa poigne, me débattant comme un beau diable. En vain. La Mère était trop forte. L'instant d'après pourtant, elle a lâché prise en soufflant :

— Les voilà ! Les voilà !

Et, attrapant un torchon accroché au-dessus de l'évier, elle me l'a balancé.

— Débarbouille-toi ! a-t-elle assené tout en nettoyant les taches brunes qui maculaient le comptoir.

Je lui ai obéi tant bien que mal après avoir rejeté des bouts de merde par le nez. La mère m'a enfoncé du Kleenex dans les narines, puis m'a envoyé m'asseoir dans un coin, où, la soirée durant, l'odeur pestilentielle s'est accrochée à moi.

La famille n'est jamais retournée à la rivière Russian.

En septembre, je me suis retrouvé à l'école avec les habits et la gamelle verte, rouillée, de l'année précédente – une vraie loque humaine. En guise de déjeuner, La Mère me préparait systématiquement deux sandwichs au beurre de cacahouètes auxquels elle ajoutait quelques carottes ramollies. En plus, n'étant plus considéré comme un membre à part entière de la famille, je n'avais plus le droit à la voiture et étais forcé d'y aller en courant. C'était sa façon de m'empêcher de piquer quoi que soit à mes camarades.

Tous les élèves m'évitaient à l'école où j'étais un véritable pestiféré. Et tandis que j'enfournais mes sandwichs à l'heure du déjeuner, j'entendais mes anciens copains fredonner : « David, le voleur ! David, le puant ! » Les élèves adoraient ce couplet qui faisait le tour de la cour de récréation. Inutile de préciser à quel point je me sentais seul, malheureux, rejeté par le monde entier.

Durant ces heures interminables, au piquet, dans le garage, je passais le temps à concevoir de nouveaux moyens de dénicher de la nourriture. Certes, papa essayait bien de me filer des rogatons. Sans grand succès. Du coup, j'en conclus ne plus devoir compter que sur moi pour survivre. À l'école, plus rien n'était envisageable vu que les élèves, au courant, cachaient leur panier-repas à moins qu'ils ne les enferment dans l'armoire de la classe. Sans compter que les professeurs et le directeur m'avaient à l'œil à présent. Donc, plus rien à tenter de ce côté-là.

Je finis par trouver une solution. Enfin, peut-être. Vu qu'il était interdit aux élèves de quitter l'enceinte de l'école lors de la pause déjeuner, personne ne m'imaginait capable d'enfreindre le règlement. J'eus donc l'idée de filer en douce pour foncer à l'épicerie du coin de la rue et faire main basse sur des petits gâteaux, du pain, des chips – enfin n'importe quoi d'accessible. Toujours est-il qu'il fallait concevoir minutieusement les étapes de ma petite opération. Aussi, le lendemain, ai-je compté le nombre de pas que j'effectuais lors de mon trajet à l'école – calcul indispensable à ma petite virée. Au bout de quelques semaines, il ne me restait plus qu'à trouver le courage de passer à l'action. Il y avait une côte entre l'école et l'épicerie. Comme elle montait à l'aller, cela prenait quinze minutes contre dix au retour. Voilà qui me laissait dix minutes dans le magasin.

Lorsque je courais à l'école tous les jours, j'accélérais ma cadence, martelant le sol à la manière d'un coureur de marathon. Au fil de ces semaines d'entraînement, plus mon projet se précisait, plus ma faim devenait fantasmatique. De toute façon, je rêvassais en permanence en me tapant les corvées à la maison. Il me suffisait de laver le carrelage de la salle de bains à quatre pattes pour me voir sous les traits du prince du conte : *Le Prince et le Mendiant*. En tant que tel, j'avais la faculté de quitter le rôle du serviteur à tout moment. En revanche au sous-sol, je restais souvent immobile, les yeux fermés, m'imaginant dans la peau d'un personnage de bande dessinée. Il est vrai que les tiraillements de mon estomac ne manquaient jamais de me réveiller et de me ramener à mon obsession.

Mon projet avait beau être au point, j'avais trop la frousse pour le mettre à exécution. Et, tout en arpentant la cour à l'heure du déjeuner, je trouvais mille excuses à ma lâcheté. À l'évidence, j'allais être pris. À l'évidence, je m'étais trompé dans mes calculs. Les gargouillements de mon ventre me rappelaient sans cesse – au cours de ces soliloques – quelle poule mouillée j'étais. Au bout du compte, après avoir été privé de déjeuner plusieurs jours d'affilée et n'avoir eu droit qu'à de maigres restes pour le petit déjeuner, j'ai décidé de tenter le coup. Dès la sonnerie, j'ai foncé dans la rue, le cœur battant, les poumons en feu, arrivant à l'épicerie en deux fois moins temps que prévu. Une fois à l'intérieur, j'ai eu l'impression d'être le point de mire des clients outrés par mon allure de poulbot et mon odeur pestilentielle. Ça, je ne l'avais pas prévu et l'angoisse m'a envahi. Pétrifié au milieu de l'allée, ne sachant que faire, j'ai compté les secondes, le nombre de fois où j'avais crevé de faim. Puis, machinalement, j'ai pris la première chose à ma portée sur une étagère et suis reparti avec une boîte de biscuits – mon trophée –, bien serré dans ma main.

À proximité de l'école, je l'ai fourré sous mon chandail, à l'endroit le moins troué, pour traverser la cour. À l'intérieur, je l'ai caché dans la poubelle des toilettes pour garçons. Plus tard dans l'après-midi, invoquant je ne sais quelle excuse pour le professeur, j'y suis retourné – l'eau à la bouche – pour dévorer mon festin. Hélas, la poubelle était vide ! À l'eau mon bel échafaudage ! En vain tous mes efforts ! Le concierge m'avait devancé.

Heureusement, cet échec cuisant fut suivi de quelques succès. Je réussis même à dissimuler mon trésor dans mon pupitre. Cela étant, le lendemain de cet exploit, j'appris qu'on me transférait à l'école d'en face, dans la même rue. Déçu de perdre le produit de mon larcin, je n'en étais pas moins ravi. En effet, non seulement je pus, au début, piquer des trucs à des camarades non prévenus, mais je filais à l'épicerie environ une fois par semaine où je ne piquais rien si je sentais un danger quelconque. Il n'empêche qu'on finit – comme toujours – par me prendre. Le commerçant téléphona à La Mère, ce qui me valut une raclée épouvantable. Bien que mes parents sachent parfaitement pourquoi je chapardais, La Mère ne cédait pas pour autant. Vu ma faim permanente, cela ne fit que m'ancrer dans mon obstination.

D'ordinaire, La Mère jetait les restes du dîner dans une petite poubelle, me donnant l'ordre de monter du sous-sol où j'étais relégué immédiatement après le repas familial. La vaisselle, c'était ma tâche. Les mains dans l'eau brûlante, je sentais l'odeur de bouffe qui s'échappait de la poubelle. Si l'idée de l'avaler me donna d'abord la nausée, elle finit par me paraître géniale. Je n'avais pas le choix. Terminant la vaisselle le plus vite possible, je suis allé vider la poubelle au sous-sol. Salivant à la vue de ces restes, je me suis dépêché de trier les morceaux comestibles des bouts de papier, des mégots. Autant avouer que je les ai gobés goulûment.

Ma manœuvre tourna court car La Mère la découvrit – évidemment. Je n'ai plus fouillé dans les ordures pendant quelques semaines. Sauf que mon estomac me rappelant à l'ordre, il fallut bien que je recommence. Un soir, après avoir avalé un bout de porc, j'eus une colique épouvantable qui s'éternisa. La Mère prit un malin plaisir à m'expliquer qu'elle avait fait exprès de laisser la viande s'avarier dans le réfrigérateur avant de la balancer – sachant que je serais incapable d'y résister. D'ailleurs, elle finit par inspecter la poubelle sous mes yeux, sans bouger de son canapé. Cela étant, elle ne voyait pas les restes emballés dans des serviettes que, sûr qu'elle ne raclerait pas le fond, j'y cachais. La ruse réussit un bout de temps.

Pas dupe au demeurant, La Mère trouva la parade en aspergeant la poubelle d'ammoniaque. Là, il fallut renoncer. De nouveau, je dus me décarcasser pour chaparder de la nourriture à l'école. Les paniers-repas des élèves étant hors de question, j'eus l'idée de chiper des plats surgelés à la cafétéria.

Me débrouillant pour demander au professeur d'aller au cabinet juste avant l'arrivée du camion de livraison de ces plateaux-repas, je me suis faufilé dans la cafétéria pour en piquer quelques-uns avant de me ruer dans les toilettes. À l'abri des regards, j'ai engouffré de si grosses bouchées de hot-dogs et patates surgelés que j'ai failli m'étouffer. Puis, fier comme Artaban d'avoir réussi à me nourrir, je suis rentré en classe.

En retournant au pas de course à la maison ce jour-là, je ne pensais qu'à recommencer le lendemain. L'accueil que m'a réservé La Mère m'a fait changer d'avis. M'ayant traîné dans la salle de bains, elle m'a bourré le ventre de coups si violents que je me suis plié en deux. Après quoi, elle m'a planté face au cabinet et m'a ordonné de m'enfoncer le doigt dans la gorge. Pour résister, j'ai eu recours à mon vieux truc de calcul de mental tout en fixant la cuvette en porcelaine. « Un, deux… » Je ne suis pas arrivé à trois, car La Mère m'a fourré son doigt dans la bouche comme si elle voulait m'arracher les entrailles. Je me suis débattu comme un forcené ; elle a fini par me lâcher à condition que je me fasse vomir.

La suite était prévisible. J'ai fermé les yeux tandis que des morceaux de viande rouge giclaient dans le cabinet. Piquée derrière moi les mains sur les hanches, La Mère brailla :

— Eh bien, c'est exactement ce à quoi je m'attendais ! Ton père va en entendre parler, tu peux me croire !

Je me raidis pour me préparer à l'inévitable dégelée. En pure perte. Quand je me suis retourné, La Mère n'était plus dans la salle de bains. Ce n'est pas pour autant que les choses en resteraient là. D'ailleurs, elle ne tarda pas à réapparaître, un bol à la main où elle m'ordonna de mettre les morceaux à peine digérés après les avoir ramassés au fond de la lunette – à titre de pièce à conviction à fourrer sous le nez de papa dès qu'il serait rentré de faire les courses.

Plus tard dans la soirée, une fois mes travaux forcés terminés, La Mère me somma de me tenir au garde-à-vous dans la cuisine tandis qu'elle discutait avec papa dans leur chambre. Le bol de hot-dogs vomis trônait sur la table. Incapable d'en supporter la vue, j'ai fermé les yeux tout en m'imaginant à des lieues de la maison. L'instant d'après, les parents entrèrent en trombe et, le doigt pointé vers le bol, La Mère vociféra :

— Alors, tu crois toujours que Le Garçon ne fauche plus rien !

À l'expression de mon père, il était facile de deviner à quel point il en avait marre du perpétuel : « Regarde ce que Le Garçon a encore fait. » Les yeux fixés sur moi, il secoua la tête en signe de désaccord et balbutia :

— Ma foi, Roerva, ça n'arriverait peut-être pas si tu lui donnais quelque chose à se mettre sous la dent !

Sa remarque déclencha une dispute atroce, où, comme toujours, La Mère eut le dessus.

— Tu veux que Le Garçon mange, Stephen ? Eh bien, ne t'inquiète pas, il va manger ! Il n'a qu'à bouffer ça, glapit-elle, poussant le bol vers moi avant de se précipiter dans sa chambre.

Le silence qui tomba dans la cuisine ne fut plus déchiré que par la respiration oppressée de mon père qui, posant doucement sa main sur mon épaule, souffla :

— Ne bouge pas, mon petit lion. Je vais voir ce que je peux faire.

Il revint au bout d'un instant, l'air si triste que je compris qu'il n'avait rien obtenu.

Du coup, je me suis installé sur une chaise et ai commencé à prendre les bouts de hot-dog à la main. Les doigts dégoulinants de salive, je les ai enfournés dans ma bouche. Au moment de les avaler, ce fut plus fort que moi, j'ai fondu en larmes en me tournant vers papa. Debout, un verre à la main, on aurait dit qu'il ne me voyait pas tandis qu'il me faisait signe de continuer. C'était le comble ! Il me regardait, passivement, ingurgiter ces trucs innommables. La prise de conscience du gouffre croissant qui nous séparait me désespéra.

Comme je m'échinais à gober sans que le goût s'imprègne dans ma bouche, une main me serra le cou.

— Mâche ! grogna La Mère. Et tu es prié de ne rien laisser, ajouta-t-elle en montrant la salive.

Les joues ruisselantes de larmes, je me suis tassé sur ma chaise. Une fois les morceaux mastiqués, j'ai rejeté la tête en arrière pour les avaler en m'empêchant de toutes mes forces de dégueuler. Et je n'ouvris mes yeux que j'avais fermés, que lorsque je fus sûr que mon estomac ne rejetterait pas le repas de la cafétéria, fixant papa qui détourna aussitôt le regard. Il se dérobait. Je lui en voulus encore plus qu'à La Mère. Comment cet homme – le protecteur de mon enfance – pouvait-il supporter sans lever le petit doigt de voir son fils manger ce qu'un chien aurait refusé de toucher !

Toujours est-il que dès que j'eus terminé le bol, La Mère, emmitouflée dans sa robe de chambre, vint me balancer une pile de journaux. Elle m'annonça que ce serait ma couverture, car, dorénavant, je dormirai sous la table de la cuisine. Une fois de plus, j'ai jeté un coup d'œil à mon père qui fit comme si je n'existais pas. Alors, refoulant mes larmes, j'ai rampé tout habillé sous la table et me suis couvert des journaux – je n'étais plus qu'un rat dans une cage.

Des mois durant, j'ai passé mes nuits près de la litière des chats. Cela étant, j'appris vite à tirer parti des journaux en m'y enveloppant suffisamment pour qu'ils me tiennent chaud. C'était encore trop confortable pour La Mère qui finit par m'expulser au garage où je fus tenu de dormir sur un vieux lit de camp. Pour ne pas avoir froid, j'approchais le plus possible ma tête de la chaudière mais, après un certain nombre de nuits glaciales, je m'aperçus qu'il valait mieux dormir les mains sous les aisselles et les pieds repliés sous les fesses. Parfois, je me réveillais en rêvant que j'étais allongé – comme un être humain à part entière – sous une couverture électrique, protégé par l'amour de ma famille. Un songe fugace que le froid ne tardait pas à dissiper. Personne ne pouvait m'aider. Pas plus mes professeurs que mes soi-disant frères. Encore moins mon père. J'étais seul. Tous les soirs, j'implorais Dieu de me donner des forces physiques et morales, ne sombrant dans un sommeil agité qu'après avoir grelotté longtemps sur le vieux lit de camp.

Une idée germa au cours de mes insomnies : celle de mendier de la nourriture en allant à l'école. Certes l'inspection de mon vomi avait lieu systématiquement, mais j'estimais que la totalité des aliments avalés le matin seraient digérés l'après-midi. Alors, je décidai de courir plus vite au début du trajet pour avoir le temps de frapper aux portes et de demander à celles qui m'ouvriraient si elles n'avaient pas trouvé un panier-repas près de chez elles. J'ai réussi. Manifestement, je faisais de la peine aux dames à qui je ne donnais jamais mon vrai nom. Enfin, tout a marché comme sur des roulettes jusqu'au jour où je suis tombé sur une relation de La Mère. À l'eau mon petit discours bien rodé : « J'ai perdu mon déjeuner, pourriez-vous m'en préparer un. » Avant même de partir de chez cette dame, j'étais sûr qu'elle préviendrait La Mère.

À l'école ce jour-là, j'ai appelé de tous mes vœux la fin du monde. Incapable de tenir en place, j'étais obsédé par l'image de La Mère affalée sur son canapé devant la télé en train de se saouler et de mijoter un de ses horribles supplices. Et je suis rentré avec des pieds de plomb, ponctuant chaque pas de prières : *Pourvu que l'amie de La Mère n'ait pas téléphoné ! Pourvu qu'elle ne m'ait pas reconnu !* Les rayons du soleil qui brillait dans le ciel, d'un bleu intense, me réchauffaient le dos. À l'approche de la maison je levais les yeux vers lui en me demandant s'il me serait donné de le revoir. Ayant doucement entrouvert la porte, je descendis sur la pointe des pieds au garage où je m'attendis à la voir débouler à tout moment. Il n'en fut rien. Du coup, j'ai enfilé mes vêtements de travail et suis monté faire la vaisselle du déjeuner. Ne sachant où La Mère était tapie, je tendais l'oreille – on aurait dit un radar – pour la détecter. La peur me crispait le dos tandis que je n'arrivais pas à me concentrer sur ma tâche. Enfin, je l'entendis sortir de sa chambre et s'approcher de la cuisine. L'espace d'un moment, j'ai regardé par la fenêtre. Des enfants jouaient, criaient, riaient. Fermant les yeux, je me suis vu parmi eux et, sourire aux lèvres, je me suis détendu.

Lorsque je sentis l'haleine de La Mère sur ma nuque, mon cœur s'est arrêté de battre. Une assiette m'échappa des mains que je rattrapai juste avant qu'elle ne touche le sol.

— T'es vraiment un petit saligaud qui a des réflexes, hein ? siffla-t-elle. Ah ça, tu sais galoper quand il s'agit de réclamer à bouffer ! Parfait, voyons voir si t'es si rapide que ça...

En prévision de sa raclée, j'ai contracté mes muscles. Et j'attendis. Rien.

Du coup, j'en ai conclu qu'elle allait retourner devant la télé. Plantée à quelques pas de moi, elle m'épiait. Je m'en aperçus à son reflet dans la glace fixée au-dessus de l'évier. La Mère, qui s'en rendit compte, me décocha un sourire. Je faillis en pisser dans mon pantalon.

La vaisselle terminée, j'entrepris de nettoyer la salle de bains. Assise sur le cabinet, La Mère me regarda récurer la baignoire. Comme je lavais les carreaux à quatre pattes, elle se leva et se posta derrière moi. Contrairement à ce que je croyais, elle ne me flanqua pas de coup de pied sur la gueule. Mon anxiété s'accrut. À l'évidence, La Mère allait me tabasser, mais je n'arrivais pas à deviner où, quand, ni comment. Quand j'eus enfin fini la salle de bains – au bout d'une éternité me sembla-t-il –, j'avais les bras et les jambes qui tremblaient. Rien n'arrivait à me distraire de la présence de La Mère. Prenant mon courage à deux mains, j'ai levé les yeux. Sourire aux lèvres, elle me houspilla :

— Dépêche-toi, jeune homme. Il faut beaucoup plus te grouiller que ça.

À l'heure du dîner, à bout de forces tant la peur me tenaillait, je faillis m'endormir en attendant son ordre de monter débarrasser et faire la vaisselle. Ensuite, debout dans mon garage obscur, j'eus une envie pressante de faire pipi. Or, sans la permission de La Mère, j'étais un prisonnier dans son cachot et les toilettes du rez-de-chaussée m'étaient interdites. *Peut-être que son plan, c'est de m'obliger à boire mon pipi*, me dis-je alors. Si immonde que cela paraisse, elle était capable de n'importe quoi – je devais être prêt à toute éventualité. Sauf que je perdais des forces à m'escrimer à deviner ses intentions. Soudain, une idée lumineuse me traversa l'esprit : elle m'avait suivi pas à pas pour exercer sur moi une pression, afin que je sois sur les charbons ardents quant au moment, au lieu de mon châtiment. Je n'eus pas le temps de préparer une contre-attaque car elle me hurla de monter. Dès qu'elle me vit, elle claironna que seule une vaisselle faite à la vitesse de la lumière me sauverait ce coup-ci. Et elle ajouta en ricanant :

— Bien entendu, inutile de préciser que tu es privé de dîner. Cela dit, ne te fais pas de bile, j'ai trouvé le moyen de soigner ta faim.

À peine eus-je terminé que La Mère me renvoya au sous-sol où, adossé au mur de ciment, je me suis creusé la cervelle pour deviner le sort qu'elle me réservait. En vain. Glacé jusqu'aux os, j'étais si éreinté que je m'endormais debout. Dès que ma tête dodelinait, je me réveillais brusquement pour la redresser, mais – en dépit de mes efforts – je n'arrivais pas à l'empêcher de tressauter à la manière d'un bouchon de liège sur l'eau. Comme en transe, j'avais l'impression de flotter, l'âme détachée du corps. Sentant de nouveau ma tête tomber sur ma poitrine, je me suis réveillé en sursaut tant le risque d'être surpris était lourd de conséquences. Pour chasser le sommeil, j'ai regardé par la fenêtre les lumières rouges des avions volant dans le ciel tout en écoutant les voitures qui passaient dans la rue. Si seulement, moi aussi, j'avais pu m'envoler !

Longtemps après, Ron et Stan étant couchés, La Mère me fit remonter. Chaque marche gravie décuplait ma peur. L'heure avait sonné. Elle était venue à bout de ma résistance physique et morale. Peu importe ce qu'elle comptait m'infliger, j'avais hâte qu'elle en finisse.

J'ouvris la porte avec un calme étonnant. La maison était plongée dans l'obscurité à l'exception d'une lumière dans la cuisine où La Mère était assise, derrière la table. Immobile, je l'ai regardée me sourire tout en comprenant, à ses épaules voûtées, qu'elle était fin saoule. Si étrange que cela paraisse, j'étais sûr qu'elle ne me battrait pas. Bien que dans le cirage, je sortis de mon hébétude lorsqu'elle s'avança vers le placard sous l'évier, s'accroupissant pour l'ouvrir et en sortir une bouteille d'ammoniaque. Éberlué, sans comprendre, je l'ai vue en verser dans une cuillère. Malgré mes efforts, j'étais incapable de sortir de mon hébétude.

La cuillère à la main, La Mère s'est approchée de moi. Comme une goutte d'ammoniaque tombait par terre, j'ai reculé jusqu'à me cogner la tête au plan de travail. Rigolant presque sous cape, j'ai pensé : *Quoi, c'est tout ? C'est ça ? Elle ne veut que me faire avaler ça ?*

Trop crevé pour avoir la trouille, je n'avais plus qu'une envie : *Allez, qu'on en finisse.* La Mère se pencha pour me répéter que la rapidité était la seule chose qui me sauverait. J'eus beau m'échiner à élucider son énigme, j'avais la tête trop embrouillée pour y arriver.

Sans hésiter, j'ai ouvert la bouche. La Mère enfonça la cuillère en métal froid jusqu'au fond de ma gorge sans que je m'affole outre mesure, trouvant cela trop facile en quelque sorte. L'instant d'après, je suffoquais. La gorge serrée, les jambes flageolantes, je suis resté en face de La Mère, avec l'impression que mes yeux allaient sortir de leurs orbites. Puis, je me suis écroulé à quatre pattes tandis qu'un mot s'affichait dans ma cervelle : *Bulle* ! Martelant le sol du poing, j'ai essayé d'avaler en me concentrant sur la bulle d'air coincée dans mon œsophage. J'étais terrifié. Des larmes ruisselèrent sur mes joues. Au bout d'un moment, je n'ai plus frappé si fort tandis que mes ongles éraflaient le sol que je ne quittais pas des yeux. Les couleurs se brouillaient. Au bord de la syncope, je fus sûr que ma dernière heure était arrivée.

Quand je revins à moi, La Mère me tapait dans le dos avec une telle violence que j'ai roté. Du coup, retrouvant mon souffle, j'ai aspiré de grandes goulées d'air. La Mère, elle, alla vider son verre d'alcool. Après quoi, elle revint et souffla sur moi :

— Alors, ce n'était pas bien sorcier, hein ! assena-t-elle avant de m'envoyer me coucher dans mon lit de camp.

Le lendemain soir, elle remit ça devant papa en pavoisant :

— Voilà une bonne leçon pour lui apprendre à ne plus piquer de bouffe !

Nul doute pour moi à présent : le plaisir pervers qu'elle en retirait était pathologique. Toujours est-il que je lui ai résisté. Après qu'elle m'a ouvert la bouche de force, j'ai secoué la tête d'un côté l'autre et réussis à ce qu'elle renverse le détergent. Hélas, il en restait un peu dans la cuillère ! J'ai recommencé à marteler le sol de mes poings serrés tout en appelant mon père au secours – du regard, car aucun son ne franchit mes lèvres. Mais, planté devant moi, il ne réagit pas. Quant à La Mère, elle se courba – on l'aurait dit prête à caresser un chiot – et me redonna des claques dans le dos juste avant que je ne tombe dans les pommes.

Le lendemain, j'ai profité du moment où je nettoyais la salle de bains pour examiner ma langue, brûlée, dans la glace. À vif en certains endroits, elle était rouge, irritée. Pétrifié devant le lavabo, je me suis rendu compte que j'avais une chance inouïe d'être encore vivant.

La Mère renonça à me faire ingurgiter de l'ammoniaque, se rabattant parfois sur l'eau de Javel mais, surtout, sur le produit à vaisselle. Une fois, elle fit gicler le liquide rose directement de la bouteille dans ma bouche. Après quoi, elle me renvoya au garage avec l'ordre d'y rester debout. Ma bouche était si sèche que je bus des litres d'eau au robinet. Une bêtise énorme : j'eus la colique quasi sur-le-champ. À cor et à cri, j'ai supplié La Mère de me permettre d'aller au cabinet du rez-de-chaussée. Peine perdue. Paralysé, sans oser faire un mouvement, j'ai senti une merde liquide couler dans mon caleçon et le long de mes jambes.

Pleurant d'humiliation, je n'en trouvai pas pour autant le courage de bouger. Au bout du compte, n'y tenant plus – j'avais un mal de ventre épouvantable –, j'ai rassemblé un semblant de dignité. Et je me suis approché en dandinant de l'évier, dénichant un seau où je me suis soulagé. Comme je me triturais les méninges pour trouver un moyen de me laver, la porte du garage s'est ouverte. J'ai tourné la tête : c'était mon père. Le regard indifférent qu'il posa sur les fesses souillées de son fils, sur le liquide brunâtre qui coulait dans le seau, me donna le sentiment d'être moins qu'un chien galeux.

La Mère ne gagnait cependant pas à tous les coups. Une semaine où elle m'avait interdit d'aller à l'école, elle m'ordonna de récurer la cuisine après m'avoir fait ingurgiter du produit à vaisselle. Je ne l'avais pas avalé. Petit à petit, ma bouche se remplit de salive et de savon. Je tins bon néanmoins. À peine mon boulot terminé, je me suis précipité au garage pour vider la poubelle, et, avec un sourire fendu jusqu'aux oreilles, j'ai tout recraché. Puis, je me suis soigneusement essuyé avec une serviette en papier trouvée dans l'une des poubelles alignées devant la porte. L'orgueil d'avoir battu La Mère à son propre jeu me gonfla autant le cœur que si j'avais gagné un marathon olympique.

À dire vrai, La Mère découvrait la plupart de mes stratagèmes mais pas tous. Après quelques mois d'incarcération – des heures d'affilée – dans le garage, j'ai d'ailleurs trouvé le courage de faucher un peu de produits surgelés dans le congélateur. Conscient du prix à payer si j'étais pris, j'en savourais chaque morceau comme si c'était le dernier repas de mon existence.

Seul dans mon garage obscur, je m'imaginais roi paré de ses plus beaux atours en train de déguster les mets les plus exquis du monde. Il me suffisait d'avoir une part de tarte à la citrouille ou une crêpe au maïs à la main pour être un souverain qui, du haut de son trône, baissait les yeux sur les plats qui l'attendaient avec un grand sourire.

5

L'accident

L'été 1971 fut le symbole de mes dernières années chez La Mère.

À tout juste onze ans, je connaissais déjà toute la gamme des châtiments que j'encourais. Si je dépassais le délai fixé pour l'une des innombrables corvées, j'étais privé de nourriture. Si je levais les yeux sur elle ou l'un de ses fils sans sa permission, c'était la gifle. Enfin, si j'étais surpris à chaparder, La Mère me sanctionnait par une punition déjà rodée à moins qu'elle n'en invente une plus atroce. La plupart du temps, elle donnait l'impression que tout était réglé comme du papier à musique et j'étais en mesure de prévoir ses moindres gestes. Il n'empêche que, constamment sur le qui-vive, je me raidissais dès que je la sentais dans les parages.

À la fin du mois de juin, j'avais le moral à zéro. Manger quelque chose relevait presque de la chimère. Quel que soit le mal que je me donnais pour venir à bout de mes corvées, j'avais de moins en moins droit aux restes du petit déjeuner et je sautais toujours le déjeuner. Quant au dîner, j'en prenais un soir sur trois.

Un jour de juillet s'est particulièrement gravé dans ma mémoire. Il avait commencé sans se démarquer de mon train-train d'esclave. À cause des vacances, les moyens de trouver une vague pitance étaient réduits et je n'avais rien mangé depuis l'avant-veille. Comme toujours à l'heure du dîner, j'écoutais la famille attablée. J'étais assis sur la dernière marche de l'escalier – la main sous les fesses, la tête en arrière – dans la position dite du « prisonnier de guerre », dernière trouvaille en date de La Mère. Et rêvant à moitié que j'étais enfin redevenu membre de la famille, je laissai ma tête tomber en avant. Je dus m'assoupir parce que la voix hargneuse de La Mère me réveilla en sursaut :

— Monte ! Allez, bouge ton cul et que ça saute !

Me relevant immédiatement, je me suis rué dans l'escalier en priant pour qu'elle consente enfin à me donner de quoi apaiser ma faim.

À peine avais-je commencé, fébrilement, à débarrasser la table de la salle à manger qu'elle m'appela dans la cuisine. La tête basse, je l'ai écoutée déblatérer sur le délai qu'elle m'imposait :

— Bon, tu as vingt minutes – pas une de plus. Sinon, tu peux dire adieu à ton dîner. Pigé ?

— Oui m'dame.

— Et regarde-moi quand je te parle ! fulmina-t-elle.

Docile, je lui obéis. C'est alors que je vis Russell. Il se balançait sur la cuisse gauche de La Mère, me fixant d'un regard froid sans avoir l'air impressionné par le ton cassant de celle-ci. Bien qu'encore tout petit – quatre ou cinq ans – Russell avait déjà endossé le rôle de garde-chiourme de La Mère, épiant le moindre de mes mouvements pour s'assurer que je ne volais rien de comestible. Cela avait beau ne pas être de sa faute – La Mère lui avait fait subir un véritable lavage de cerveau –, je ne m'en méfiais pas moins comme de la peste et lui vouais une haine féroce.

— Tu m'entends, brailla La Mère. Regarde-moi quand je te parle.

Lorsque je levai les yeux vers elle, je la vis s'emparer d'un couteau sur le plan de travail tandis qu'elle s'égosillait :

— Gare à toi, je te tuerais si tu ne termines pas à temps !

La menace qu'elle brandissait sans arrêt depuis une semaine ne me fit ni chaud ni froid. À Russell non plus du reste. Il continua de se balancer sur la jambe de La Mère comme si c'était un cheval de bois. Quant à elle, sa tactique la laissait manifestement insatisfaite parce qu'elle n'arrêta pas de me harceler tandis que les minutes s'écoulaient, réduisant d'autant le délai fixé. Moi, je ne voulais qu'une chose, c'est qu'elle la boucle, me laisse bosser. Il me fallait absolument avaler un morceau, la perspective d'une nouvelle nuit sans rien dans le ventre m'épouvantait.

Tout de même, il y avait anguille sous roche. Et de taille ! J'ai scruté La Mère qui, à présent, agitait le couteau dans sa main droite. De nouveau, je ne fus pas vraiment terrorisé car ce n'était pas la première fois. *Les yeux*, me dis-je. *Regarde-la dans les yeux.* S'ils me parurent normaux – mi-clos et vitreux comme à l'ordinaire –, je sus néanmoins instinctivement que, décidément, quelque chose clochait. Bien que ne la croyant pas capable de mettre sa menace à exécution, je me raidis. À ce moment-là, je compris le problème. Comme Russell se balançait sur sa jambe d'une part et qu'elle moulinait le bras d'autre part, La Mère tanguait. L'espace d'un instant, je fus sûr qu'elle allait s'effondrer.

Mais elle chercha à retrouver l'équilibre. Sans cesser de hurler contre moi, elle cria à Russell de foutre le camp. On aurait dit que son buste était un fauteuil à bascule oscillant frénétiquement. Du coup, oubliant ce que je risquais, je me complus à l'imaginer – cette sale poivrote – la gueule écrasée sur le sol. Cela dit, je ne cessais de fixer son visage et, du coin de l'œil, je vis un objet, flou, s'échapper de sa main. L'instant d'après, une douleur fulgurante me transperça le ventre. Malgré tous mes efforts pour rester debout, le sol se déroba sous mes jambes. Tout bascula dans le noir.

Quand je repris mes esprits, je sentis quelque chose de chaud s'écouler de ma poitrine. Il me fallut quelques secondes pour comprendre que j'étais assis sur les cabinets. Je me suis tourné vers Russell qui chantonnait : « David va mourir. Le Garçon va mourir. » Du coup, j'ai regardé mon ventre, découvrant La Mère agenouillée devant moi en train d'appliquer à la hâte un gros pansement sur une plaie d'où ruisselait du sang rouge sombre. Persuadé qu'il s'agissait d'un accident, je voulus lui dire que je lui pardonnais mais j'étais trop faible pour y arriver. En outre, j'étais incapable d'empêcher ma tête de ballotter d'avant en arrière. Je perdis de nouveau connaissance.

À mon réveil, La Mère, toujours à genoux, m'enroulait le torse d'une bande. Elle avait l'air de savoir exactement quoi faire. D'ailleurs, lorsque mes frères et moi étions plus petits, elle nous avait souvent parlé de son intention d'être infirmière avant sa rencontre avec papa. Et elle n'était jamais prise au dépourvu quand il y avait un accident à la maison. Confiant dans ses talents d'infirmière, je m'attendais à ce qu'elle me transporte d'une minute à l'autre à la voiture pour m'emmener à l'hôpital. Si étrange que cela paraisse, j'étais soulagé parce qu'au fond de mon cœur je sentais que c'était la fin de mon calvaire, de la sinistre farce de ma vie d'esclave. Ce coup-ci, même La Mère ne trouverait pas de mensonge adéquat. L'accident – du moins en avais-je l'impression – allait me libérer.

Elle mit plus d'une demi-heure à faire mon pansement. Bien que ne lisant aucun remords dans ses yeux, je n'en espérais pas moins qu'elle me consolerait d'une voix douce. Eh bien, j'en fus pour mes frais ! Impassible, elle se releva sans daigner m'accorder un regard, se lava les mains et m'informa qu'il me restait trente minutes pour finir la vaisselle. De prime abord, le sens de ses paroles m'échappa, puis je compris : La Mère comptait occulter le coup de couteau de la même façon que la luxation de mon bras quelque temps auparavant.

Il était exclu de m'apitoyer sur mon sort – le temps passait. Je me suis levé et ai gagné la cuisine en chancelant. À chaque pas, une douleur effroyable me perforait les côtes tandis que mon tee-shirt en loques s'imbibait de sang. Une fois devant l'évier, je me suis penché, hors d'haleine comme un vieux cabot.

Le bruit des pages du journal que feuilletait papa dans le salon parvint à mes oreilles. Je pris une profonde inspiration dans l'espoir que cela m'aiderait à me traîner jusqu'à lui. L'effort, démesuré par rapport à mon état, me fit tomber. Il me fallait respirer par à-coups, c'est ainsi que je réussis à gagner le salon où mon sauveur était assis au bout du canapé. Pour moi, il était évident qu'il allait régler son compte à La Mère et me conduire à l'hôpital. Attendant patiemment qu'il tourne sa page, je bredouillai dès qu'il me vit :

— Papa, ma... ma... maman m'a donné un coup de couteau.

Sans même lever les sourcils, il me demanda :

— Et pourquoi ça ?

— Ben, elle m'a dit qu'elle me tuerait... si je finissais pas la vaisselle dans les délais.

Le temps suspendit son vol. Le visage dissimulé derrière son journal, mon père avait manifestement du mal à respirer. Il s'éclaircit la voix :

— Écoute... Il vaudrait mieux que tu retournes la faire, cette vaisselle.

N'en croyant pas mes oreilles, je me suis penché vers papa qui dut percevoir mon désarroi. En tout cas, il a secoué son journal d'un geste nerveux tout en haussant le ton :

— Nom de Dieu ! Est-ce que ta mère sait que tu es venu me parler ? Merde, mon p'tit gars, ce n'est pas la peine de la foutre encore plus en rogne ! Je n'ai vraiment pas envie de ça ce soir.

Il s'interrompit pour reprendre son souffle avant d'ajouter à mi-voix :

— Écoute, retourne finir la vaisselle et je te promets de ne rien dire à ta mère, d'accord. Ce sera notre secret à tous les deux. Maintenant, file avant qu'elle ne nous voie ensemble. Allez, ouste !

Sous le choc, je n'ai pas bougé. Mon père ne m'avait même pas regardé. Dans mon esprit, j'étais sûr que s'il baissait son maudit journal, plongeait ses yeux dans les miens, il mesurerait l'étendue de ma souffrance, de mon désespoir, de mon besoin d'aide.

Seulement voilà, La Mère le dominait. Du reste, rien de ce qui se passait dans la maison n'échappait à son autorité, et nous connaissions l'un comme l'autre le principe qui prévalait dans la famille : un problème occulté n'existe pas. Planté devant mon père, sans savoir quoi faire, je vis des gouttelettes de sang maculer le tapis. Moi qui croyais qu'il me prendrait dans ses bras pour m'emmener à mille lieues de cet enfer ! Moi qui me figurais qu'il déchirerait sa chemise pour me révéler sa véritable identité avant de s'envoler dans les airs tel Superman !

Ayant perdu tout respect pour lui, je lui ai tourné le dos. Le sauveur de mes rêves n'était qu'un imposteur. La fureur que je ressentais à son égard dépassait de beaucoup celle que m'inspirait La Mère. Si seulement j'avais pu m'enfuir ! Une douleur lancinante me ramena à la réalité.

Je fis la vaisselle aussi vite que le permit ma blessure. Et je ne tardai pas à réaliser que le moindre mouvement de mon avant-bras me déchirait la poitrine, tandis que de passer d'un évier à l'autre me faisait horriblement mal. Non seulement j'étais à bout de forces, mais plus je dépassais le délai fixé par La Mère, moins j'avais de chance de manger quoi que ce soit.

Ma seule envie, c'était de m'allonger, d'en finir, mais je m'étais juré de résister – il fallait tenir coûte que coûte pour prouver à la Garce qu'elle n'aurait ma peau que si elle me tuait. Il n'était pas question de céder, quitte à en mourir. Attelé à la vaisselle, je m'aperçus que les élancements qui me labouraient le torse s'atténuaient si je me penchais sur l'évier, dressé sur la pointe des pieds. En plus, au lieu de passer chaque assiette d'un évier à l'autre, j'ai lavé la pile avant de rincer le tout. En revanche, après les avoir toutes essuyées, la perspective du rangement dans le placard au-dessus de ma tête me paniqua – je devais étirer le bras, or c'était insoutenable. Les jambes tendues à l'extrême, je faillis arriver à poser une petite assiette, mais une douleur fulgurante me fit tomber à la renverse.

Le sang imbibait ma chemise à présent. Comme je cherchais à me relever, je sentis que papa m'empoignait. Je l'ai repoussé.

— Allez, passe-moi la vaisselle, me dit-il. Je vais la ranger. Toi, tu ferais mieux de descendre te changer.

Sans mot dire, je lui ai obéi. Un coup d'œil à la pendule m'apprit que j'avais mis une heure et demie à venir à bout de ma tâche. La main droite agrippée à la rampe d'escalier, je descendis lentement tout en regardant le sang dégouliner de mon tee-shirt.

La Mère m'attendait au pied des marches. Si elle me déshabilla le plus doucement possible, elle ne chercha pas à me réconforter pour autant. En fait, elle parait au plus pressé, me témoignant moins de compassion qu'aux animaux que je l'avais vue soigner dans le temps.

J'étais si faible que je ne pus m'empêcher de m'appuyer sur elle quand elle me fit enfiler un vieux tee-shirt trop grand pour moi. Je m'attendis à une beigne immédiate qui n'arriva pas. J'eus droit à un petit répit. Ensuite, La Mère m'installa au pied de l'escalier et s'en alla. L'instant d'après, elle revint avec un verre d'eau que j'ai avalé d'un trait tandis que d'une voix neutre, dépourvue d'émotion, elle me disait qu'il fallait que je récupère un peu avant qu'elle ne me donne à manger.

Comme je lançais un coup d'œil furtif au crépuscule gagné par l'obscurité, elle ajouta que je pouvais aller jouer dehors avec mes frères. En proie à la plus grande confusion, je ne saisis pas le sens de ses paroles. Elle insista :

— Vas-y, David. Tu as le droit.

Avec son aide, je sortis en boitillant. Trop absorbés par les feux de Bengale du 4 juillet qu'ils étaient en train d'allumer, mes frères ne firent pas attention à moi. Encore plus gentille, La Mère m'a soutenu par les épaules pendant que nous regardions les figures en huit que formaient les feux d'artifice de mes frères.

— Tu en veux un ? me demanda-t-elle.

J'ai hoché la tête. Alors elle m'a pris la main et s'est agenouillée pour en allumer un. Le souvenir de son parfum d'autrefois m'est, fugacement, revenu à la mémoire. Sauf que La Mère n'en portait plus, ne se maquillait plus.

Tout en m'amusant avec mes frères, je m'interrogeais sur le changement d'attitude de La Mère à mon égard. *Est-ce qu'elle essaie de faire la paix ? Est-ce que mon exil au garage est enfin terminé ? Est-ce que je suis de nouveau un membre à part entière de la famille ?* Pour l'heure, ça m'était égal, mes frères m'associaient à leurs jeux et j'en avais chaud au cœur – une sensation que je croyais ne plus jamais éprouver.

Mon feu de Bengale s'est éteint rapidement. Alors j'ai admiré le coucher du soleil, spectacle auquel je n'avais pas assisté depuis une éternité. Les yeux clos, je me suis imprégné de la chaleur des derniers rayons, oubliant – l'espace d'un instant – ma souffrance, ma faim, ma vie atroce. J'étais si bien que j'aurais voulu que le moment se grave dans ma mémoire.

Avant d'aller se coucher, maman me donna un verre d'eau et un peu à manger. L'impression qu'elle me dorlotait comme si j'étais un animal éclopé ne me gêna pas du tout.

Dans le garage, je me suis allongé sur le vieux lit de camp avec l'intention de ne pas me laisser terrasser par la douleur. En vain, elle irradiait de ma plaie. Cela dit, l'épuisement en vint à bout et j'ai sombré dans un sommeil peuplé de cauchemars toutefois, dont je me réveillais en nage. À un moment, j'entendis un bruit derrière moi qui m'épouvanta. C'était maman. Elle se pencha pour m'appliquer un gant froid sur le front tout en m'annonçant que j'avais eu de la fièvre toute la nuit. À bout de forces, souffrant le martyre, je ne réagis pas. Après quoi, elle alla s'installer dans la chambre de mes frères, située au rez-de-chaussée donc plus proche du garage. Voilà qui me rassura.

Du coup, je me suis rendormi et j'ai fait un rêve horrible où des trombes d'une pluie chaude, sanglante, ruisselaient sur moi sans que j'arrive à m'y soustraire. À mon réveil le lendemain matin, mes mains étaient enduites de sang coagulé, mon tee-shirt complètement rouge et mon visage ne valait guère mieux. La porte s'ouvrit. Je me suis tourné vers maman avec l'espoir qu'elle me traiterait avec autant de gentillesse que la veille. Il fut aussitôt déçu. D'un ton glacial, La Mère m'ordonna de me mettre au boulot dès ma toilette finie : j'avais retrouvé mon statut de bâtard de la famille.

Ma fièvre n'était toujours pas tombée trois jours après l'accident, mais je n'osais rien demander –

même pas une aspirine. Papa était à son travail et La Mère fidèle à elle-même. Cette fièvre était provoquée par la plaie qui s'était ouverte plusieurs fois depuis la nuit de « l'accident », j'en étais sûr. Aussi, sans faire de bruit de crainte que La Mère n'entende, me suis-je faufilé jusqu'à l'évier du garage, muni d'un chiffon, le moins sale de mon tas. Je l'ai mouillé au filet d'eau coulant du robinet que j'avais à peine ouvert. Ensuite, je me suis assis pour remonter ma chemise imbibée de sang. Sursautant sous l'effet de la douleur, je n'en pinçai pas moins – le plus doucement possible – les lèvres de la plaie. Cela me fit si mal que je tombai à la renverse et faillis m'évanouir. Quand je fus capable de regarder de nouveau mon ventre, je vis une substance jaunâtre suinter de la blessure, rouge, très irritée. Inutile d'y connaître grand-chose pour comprendre qu'elle était infectée. D'un bond, je me suis levé, prêt à monter demander à La Mère de la soigner. Au moment de m'élancer toutefois, je me suis ravisé : *Il n'en est pas question, je peux tout à fait me passer de la Garce !* Les premiers soins, j'en avais des notions suffisantes pour nettoyer une plaie. Et j'allais le faire tout seul. Sans faire appel à La Mère. Il était exclu de lui donner davantage de pouvoir sur moi qu'elle n'en avait déjà.

Ayant de nouveau trempé le chiffon, j'en effleurai ma blessure, hésitant avant de la toucher vraiment. J'avais les mains qui tremblaient de peur, les joues ruisselantes de larmes – réactions de bébé qui me mirent en rage contre moi. En fin de compte, je me suis secoué : *Si tu chiales, tu en crèveras ! Alors soigne-toi !* Certain que la blessure n'était pas mortelle, j'ai dominé la douleur au prix d'un effort inouï.

De crainte de perdre courage, je me suis fourré un autre chiffon dans la bouche. Après quoi, j'ai pincé – en faisant très attention – la peau de la coupure entre le pouce et l'index de ma main gauche, tout en essuyant le pus de la droite. Et j'ai recommencé jusqu'à ce qu'il ne coule plus que du sang de la plaie presque débarrassée de la substance blanchâtre. À dire vrai, cela faisait si mal que le chiffon sur lequel je serrais les dents n'était pas de trop pour étouffer mes cris et j'avais l'impression d'être suspendu dans le vide. À la fin, l'encolure de mon tee-shirt était inondée de larmes.

L'essentiel à présent, c'était que La Mère ne me trouve pas ailleurs qu'au pied de l'escalier. À toute vitesse, j'ai tout nettoyé puis je me suis traîné, en rampant, à ma place assignée. Avant de m'asseoir sur les mains, j'ai inspecté mon tee-shirt : seules quelques gouttes de sang avaient transpercé mon pansement de chiffons. D'une certaine façon, je savais que ma blessure allait cicatriser parce que je le voulais à toute force. Fier de moi, je me suis fait l'effet d'être un personnage de bande dessinée ayant échappé à d'énormes périls. Puis, je me suis endormi en rêvant que je volais dans un ciel aux couleurs éclatantes. Vêtu d'une cape rouge… J'étais Superman.

6

En l'absence de papa

Après l'histoire du couteau, on vit de moins en moins papa à la maison. Il se plongea dans son travail. Tous les prétextes étaient bons, mais je n'étais pas dupe. Souvent, tremblant de peur dans mon garage, je priais pour qu'il ne parte pas. Car, en dépit de tout, je le considérais toujours comme mon protecteur. En sa présence, La Mère s'acharnait deux fois moins sur moi.

En tout cas, papa m'aidait à faire la vaisselle du dîner quand il était là. Il lavait tandis que j'essuyais, et nous nous parlions à voix basse pour éviter que La Mère ou les garçons ne nous entendent. Parfois, nous nous interrompions un moment pour nous assurer que la voie était libre. C'était toujours mon père qui brisait la glace :

— Alors, mon petit lion, comment va ?

À l'entendre me donner le surnom de mon enfance, mon visage s'illuminait d'un sourire radieux.

— Bien.

— Tu as mangé quelque chose aujourd'hui ? me demandait-il souvent.

Comme je secouais la tête la plupart du temps, il ajoutait :

— T'inquiète pas, un jour on décampera de cette baraque de cinglés.

Conscient que la vie à la maison était insupportable pour lui, je m'en sentais responsable. Alors je lui promettais d'être sage. De ne plus piquer de bouffe. De m'appliquer à mes corvées. Et il souriait en m'assurant que rien n'était de ma faute.

Lors de ces vaisselles ensemble, il m'arrivait d'avoir une lueur d'espoir. Même si je me doutais que mon père ne s'opposerait jamais à La Mère, sa présence me rassurait.

Naturellement, La Mère mit un terme aux coups de main de papa – comme à tout ce qui pouvait me faciliter l'existence. Elle prétendit que Le Garçon n'avait pas besoin d'aide, tout en lui reprochant de trop s'en occuper au détriment des autres. Mon père céda sans aucune résistance. La Mère exerçait un pouvoir absolu sur tous les membres de la famille.

Tant et si bien que papa finit par ne plus passer ses jours de congé à la maison. Il ne restait que le temps de voir mes frères, de me dire quelques mots, puis il s'en retournait à sa solitude – en général dans un bar. Bien qu'il continuât d'évoquer sans cesse ses projets pour notre futur départ, je ne me faisais guère d'illusions.

Un jour toutefois, il s'agenouilla à ma hauteur, tenant absolument à ce que je sache à quel point ma situation le désespérait. Moi, je fus accablé par sa métamorphose. Outre de grands cernes noirs sous les yeux, il avait le visage et le cou couleur lie-de-vin. Carrées jadis, ses épaules se voûtaient tandis que ses cheveux d'un noir de jais se striaient de gris. Du coup, j'ai mis mes bras autour de sa taille, le cœur serré parce que je n'avais aucune idée du moment où je le reverrai.

À peine mon boulot terminé, je me suis précipité au sous-sol. Il me restait à laver mes hardes et un ballot de chiffons pestilentiels, mais j'étais si triste du départ de papa que j'ai éclaté en sanglots. La tête enfouie dans le ballot de linge sale, j'ai pleuré pour qu'il revienne me chercher. De quoi soulager mon cœur gros, me donner le courage de m'attaquer à la lessive de mes vêtements aussi troués qu'un morceau de gruyère. À force de frotter, mes phalanges saignèrent. Je m'en fichais, comme de tout le reste, tellement c'était invivable chez La Mère. Je n'avais plus qu'un désir, réussir à me tailler de cette maison que j'appelais désormais « L'asile de fous ».

La Mère me fit jeûner dix jours de suite lors d'une des absences de papa, à titre de sanction parce que je ne respectais pas – quels que soient mes efforts – les délais qu'elle m'imposait. Naturellement, elle veilla à ce que je n'aie aucun moyen de piquer quoi que ce soit, débarrassant la table elle-même, jetant les ordures à la poubelle qu'elle fouillait tous les jours avant que je n'aille la vider en bas. Pour couronner le tout, elle ferma le congélateur du garage à clé et garda celle-ci sur elle. Si j'étais habitué à tenir le coup trois jours sans manger, dix jours c'était au-dessus de mes forces. Je ne pus survivre que grâce à l'eau. Quand je remplissais un bac à glaçons du réfrigérateur, j'en inclinais le coin vers ma bouche. Et au sous-sol, je rampais vers le robinet que j'ouvrais avec précaution en priant pour que les vibrations du tuyau n'alertent pas La Mère. Après quoi, je tétais l'embout en métal glacé jusqu'à en avoir le ventre prêt à éclater.

Au sixième jour de ce régime, j'étais si affaibli que j'eus un mal de chien à me lever du lit de camp. Les corvées, je les fis à une lenteur d'escargot et j'étais dans un tel état d'hébétude que je mis un temps fou à comprendre ce que La Mère me hurlait. Levant péniblement la tête, je compris que c'était un jeu pour elle – et qu'il l'amusait beaucoup.

— Mon pauvre petit chou ! roucoula-t-elle, sarcastique.

Ensuite, elle me demanda comment je me sentais, éclatant de rire lorsque je lui réclamai à manger. À la fin de cette journée et durant celles qui suivirent, je ne pensais plus qu'à ça – j'aurais avalé n'importe quoi.

Un soir, lassée sans doute de son petit jeu, La Mère me flanqua une assiette de restes sous le nez. Pour maigres qu'ils soient, ils me firent l'effet d'un festin. Je n'en étais pas moins sur mes gardes, cela me paraissait trop beau pour être vrai.

— Je te donne deux minutes, pas une seconde de plus pour manger ça, aboya-t-elle.

Inutile de préciser à quelle vitesse j'ai pris la fourchette. Si ce n'est qu'au moment précis où le premier morceau arrivait à ma bouche, La Mère enleva l'assiette dont elle versa le contenu à la poubelle.

— Trop tard ! ricana-t-elle.

Ahuri, je n'ai pas bougé, incapable de dire ou de faire quoi que ce soit, obnubilé par une seule question : *Pourquoi ?* Pour quelle raison me traitait-elle de la sorte. J'étais si près de la poubelle que l'odeur des restes me parvenait. À dire vrai, seule une capitulation sans conditions l'aurait satisfaite. Il n'en était pas question : je tins bon en refoulant mes larmes.

Banni dans mon garage, j'eus le sentiment que ma vie me filait entre les doigts. Non seulement je crevais de faim, mais mon père me manquait horriblement. Pourtant, c'était à un minimum de dignité que j'aspirais plus que tout. Assis sur mes fesses, je fus révulsé d'entendre mes frères ouvrir le réfrigérateur pour prendre leur dessert. Puis, je me suis regardé. J'avais un teint jaunâtre, des muscles atrophiés, tout flasques – pas de quoi pavoiser ! Le moindre éclat de rire de mes frères installés à présent devant la télé me mettait hors de moi : *Ces enfoirés, ils ont trop de bol ! C'est injuste à la fin, pourquoi est-ce qu'elle n'en tabasse pas un pour changer ?* C'est ainsi que je me défoulais, tout en pleurant.

Je n'avais rien avalé depuis une dizaine de jours lorsqu'un soir, après la vaisselle, j'eus de nouveau droit au jeu des deux minutes. Il ne restait que quelques rogatons dans l'assiette, mais, certain qu'elle me l'arracherait avant que je n'aie pu y toucher – comme les trois soirs précédents –, j'ai gobé les morceaux sans les mâcher. En deux temps trois mouvements, j'avais vidé l'assiette.

— Tu te goinfres comme un cochon, grogna La Mère.

Tête basse, j'ai affiché un air coupable, exultant à part moi : *Va te faire foutre ! Tu peux gueuler si ça te chante, n'empêche que j'ai tout bouffé.*

La Mère profitait de l'absence de mon père pour se livrer à un autre de ses petits jeux de prédilection. Elle m'envoyait faire la salle de bains dans un délai à respecter évidemment, m'y enfermant après y avoir déposé un seau rempli d'un mélange d'ammoniaque et d'eau de Javel. Lors de son coup d'essai, elle m'annonça avoir lu un article sur le sujet et vouloir tenter l'expérience. J'ai mimé une terreur que je n'éprouvais pas, ne me doutant pas de ce qui m'attendait. C'est seul dans la pièce close que j'ai commencé à m'inquiéter, car l'atmosphère se dégradait. À quatre pattes, j'ai regardé le seau d'où s'échappait un filet de fumée grise qui montait en tourbillonnant vers le plafond. Ces émanations que je respirais me firent tomber. J'ai dégueulé. La gorge en feu d'abord, à vif ensuite. Les larmes aux yeux à cause du gaz – produit par le mélange d'ammoniaque et d'eau de Javel –, je me suis affolé à l'idée de ne pas respecter le délai.

Au bout de quelques minutes, je crus que j'allais cracher mes poumons à force de tousser. Convaincu que La Mère ne céderait pas, je compris qu'il fallait me servir de ma cervelle pour m'en sortir. Allongé sur le carrelage, je me suis étiré pour repousser du pied le seau – dans un double objectif : l'éloigner le plus possible de moi et rendre la monnaie de sa pièce à La Mère au cas où elle ouvrirait la porte. Recroquevillé à l'autre bout de la salle de bains, j'ai pris un chiffon. Et plutôt que d'alerter La Mère en me servant du robinet, je l'ai trempé dans le cabinet avant de m'en couvrir le visage. Respirant à travers le tissu, je vis que la fumée rasait le sol – on aurait dit que j'étais enfermé dans une chambre à gaz. Tout à coup, je me suis souvenu qu'il y avait une bouche d'aération. Encastrée dans le sol, près de mon pied, elle s'ouvrait toutes les trois ou quatre minutes. J'y ai aussitôt plaqué mon visage, aspirant le plus d'air possible. Au bout d'une demi-heure, La

Mère ouvrit la porte. Je reçus l'ordre d'aller vider le seau au garage avant d'empester toute sa maison ; j'y ai craché du sang pendant une heure. Indéniablement, c'était le plus épouvantable supplice mis au point par La Mère.

À la fin de l'été, sans doute lassée de chercher comment me mettre à la torture à l'intérieur, La Mère m'expédia tondre les pelouses. Ce n'était pas la première fois, elle l'avait déjà fait aux vacances de Pâques en me fixant une somme à gagner et à lui remettre intégralement. Vu le montant exorbitant, j'avais – en désespoir de cause – piqué neuf dollars dans la tirelire d'une fillette du voisinage, dont le père n'avait pas tardé à se présenter chez nous. La Mère lui avait naturellement rendu l'argent, me rouant de coups dès qu'il avait eu le dos tourné. Or, je n'avais volé que pour satisfaire ses exigences.

En tout cas, ça ne me réussit pas plus l'été. Je fis du porte-à-porte pour proposer mes services qui n'intéressèrent personne. Il faut admettre qu'avec mes haillons et mes bras décharnés je devais avoir piètre allure. D'ailleurs, une dame eut pitié de moi et me donna un sac de victuailles avant de me renvoyer dans la rue où, quelques maisons plus loin, un couple accepta mon offre. Dès que j'eus tondu leur pelouse, je suis rentré chez moi ventre à terre avec le sac que je comptais cacher avant le tournant. Patatras ! La Mère qui rôdait en voiture dans le coin m'aperçut. Avant même qu'elle ne freine pour se garer à mon niveau, j'ai levé les bras comme un malfaiteur en souhaitant de toutes mes forces que, pour une fois, la chance soit de mon côté.

Sautant de la voiture, La Mère m'arracha le sac d'une main tout en me donnant une taloche de l'autre. Puis, sans ménagement, elle me fit monter dans son break et roula jusque chez la dame qui m'avait donné le casse-croûte. Elle n'était pas là. Ce qui acheva de convaincre La Mère que je m'étais faufilé dans cette maison pour faucher – le pire délit qui soit. Dieu que je m'en voulais de ne pas l'avoir englouti à temps !

À mon retour, je subis la raclée habituelle qui me laissa au tapis. Après quoi, La Mère me prévint qu'elle emmenait *ses fils* au zoo et m'ordonna de les attendre dans la cour, à un endroit jonché de pierres d'environ deux centimètres de diamètre. À force de rester assis dans la position du prisonnier de guerre, mon corps s'engourdit tandis que je commençais à douter sérieusement de Dieu. À l'évidence, il ne me portait pas dans son cœur. *Comment expliquer autrement mon épouvantable existence ?* La futilité de mes efforts pour survivre était criante, ceux que je déployais pour garder une longueur d'avance sur La Mère se révélaient tout aussi vains. Une ombre noire planait constamment au-dessus de moi.

D'ailleurs, même le soleil me fuyait pour se cacher derrière un édredon de nuages. Réfugié dans mes songes, je ne m'en suis extirpé qu'au bruit de la voiture qui rentrait au garage. Voilà qui mettait un terme à cette punition. Sachant que La Mère ne s'en tiendrait pas là, je m'interrogeais sur ce qu'elle me réservait tout en priant pour que ce ne soit pas la chambre à gaz. Elle me cria de la rejoindre et m'entraîna dans la salle de bains. La mort dans l'âme, me sentant perdu, j'ai respiré de grandes goulées d'air en prévision de la suite.

Ne voyant – à ma grande stupéfaction – ni seau ni bouteilles, je me suis demandé : *Est-ce que je vais m'en tirer cette fois ?* C'était trop beau ! J'ai lancé un coup d'œil furtif à La Mère qui ouvrait le robinet d'eau froide mais, curieusement, pas celui d'eau chaude. Comme la baignoire se remplissait, elle m'a déshabillé brutalement et m'a ordonné d'y d'entrer. Frissonnant de peur, je me suis exécuté tandis qu'elle braillait :

— Enfonce-toi plus ! Mets ta tête dans l'eau.

Puis, elle m'a attrapé le cou à deux mains pour me plonger la tête sous l'eau. Instinctivement, je me suis débattu à coups de pied, cherchant à sortir ma tête pour reprendre ma respiration. Sans succès. Les yeux ouverts sous l'eau, j'ai essayé de crier, des bulles se sont échappées de ma bouche. Puis, j'ai bougé la tête d'un côté et de l'autre tout en remarquant que les bulles devenaient de plus en plus petites en montant à la surface. Je perdais mes forces. Paniqué, je me suis agrippé aux épaules de La Mère que je dus labourer de mes ongles parce qu'elle m'a lâché. Les yeux baissés vers moi, elle a lancé en reprenant son souffle :

— Fais-moi le plaisir de garder la tête sous l'eau, sinon ça durera plus longtemps la prochaine fois !

Évidemment, je lui ai obéi en ne laissant que mes narines à la surface, avec l'impression d'être un crocodile dans un marais. Quand elle est sortie, j'ai compris ce qu'elle avait en tête parce que l'eau devenait glaciale. Je me serais cru dans un réfrigérateur. La Mère m'inspirait une telle épouvante que je n'ai pas bougé.

Au bout d'un certain temps, ma peau s'est fripée. Si je n'osais pas me toucher pour me réchauffer, j'ai sorti la tête de l'eau – suffisamment pour entendre –, l'y replongeant dès que des pas résonnaient dans le couloir. La plupart du temps, il s'agissait de mes frères. Et celui qui entrait dans la salle de bains pour aller au cabinet se bornait à me fusiller du regard avant de se détourner. Ce coup-ci, les ressources de mon imagination ne me furent d'aucun secours car j'étais trop crispé.

La Mère ne fit irruption en me criant de sortir et de me rhabiller qu'à l'heure du dîner. Je ne me le suis pas fait dire deux fois. Comme j'attrapais une serviette pour me sécher, elle s'interposa :

— Ah pas question ! Mets tes vêtements immédiatement.

Sans hésiter, je lui obéis. Trempé jusqu'aux os, je descendis m'asseoir dans la cour comme j'en avais reçu l'ordre. Le soleil qui déclinait en inondait encore la moitié de lumière. C'est là que je voulus m'installer. Peine perdue, La Mère n'eut de cesse que j'aille dans un coin à l'ombre où je me suis accroupi en grelottant dans la sempiternelle position du prisonnier. Quelques secondes de chaleur, je n'en demandais pas plus mais cela m'était aussi refusé. Les bruits de la famille qui se passait des plats bien garnis me parvenaient par la fenêtre ainsi qu'un rire, fusant de temps à autre. Papa étant là, nul doute que La Mère avait préparé un bon repas. L'envie de tourner la tête, de lever les yeux pour les regarder manger me taraudait sans que j'ose y céder. Mon univers n'était pas le leur ; je ne méritais même pas d'avoir un aperçu sur une existence normale.

Le supplice de la baignoire ne tarda pas à être érigé en institution, voire en spectacle dont mes frères régalaient leurs copains. En me voyant allongé tout nu dans l'eau glacée, ceux-ci se fichaient de moi : « Qu'est-ce qu'il a encore fait ? » demandaient-ils à mes frères, lesquels répondaient en secouant la tête :

« Aucune idée. »

La rentrée scolaire de l'automne me donna l'espoir d'échapper – du moins un certain nombre d'heures – à mon calvaire. Les premiers quinze jours, la classe de huitième fut assurée par une suppléante parce que notre institutrice était malade. Plus jeune que les autres membres du corps enseignant, elle était manifestement plus laxiste. Ainsi, à la fin de la première semaine, elle distribua des glaces aux élèves à conduite exemplaire. N'y ayant pas eu droit, mes efforts redoublés furent récompensés la fois d'après. En outre, elle mettait les disques des succès du moment et chantait pour la classe. Nous l'adorions. Toujours est-il que le vendredi après-midi, je n'avais aucune envie de partir. L'un d'eux, après le départ des autres élèves, la suppléante s'approcha de moi en me rappelant qu'il était temps de rentrer à la maison. De toute façon, elle savait que j'étais un enfant difficile et quand je lui répondis vouloir rester avec elle, la jeune femme me serra dans ses bras avant de passer mon disque préféré. Évidemment, cela me mit en retard, aussi ai-je couru comme un dératé sur le chemin du retour et ai-je fait mes corvées à toute vitesse. Puis La Mère m'envoya m'asseoir sur le revêtement de ciment, glacé, de la cour.

Levant les yeux sur l'épais brouillard masquant le soleil, je n'ai pu m'empêcher de verser des larmes silencieuses, bouleversé par la gentillesse de la suppléante qui m'avait traité comme un être humain, non comme un déchet. Malheureux comme les pierres, je me suis demandé où elle habitait, ce qu'elle faisait en ce moment. Certes, je n'en avais pas conscience à l'époque, mais j'en étais tombé amoureux.

Papa n'étant pas là, j'étais sûr d'être privé de dîner. Pourtant, ce soir-là, ça m'était égal de grelotter dans la cour tandis que La Mère servait mes frères. Les yeux clos, je voyais le visage souriant de l'institutrice dont la beauté, la douceur me réchauffaient.

En octobre, ce fut le paroxysme de l'horreur. La nourriture se faisait rare à l'école où, en outre, j'étais le souffre-douleur des voyous qui me rossaient à tout bout de champ. Dès la fin de la classe, il me fallait rentrer au pas de course à la maison où La Mère m'obligeait à vomir pour examiner le contenu de mon estomac. Tantôt, elle me mettait au boulot tout de suite, tantôt elle me plongeait dans la baignoire. Et si elle était vraiment de bonne humeur, j'avais droit à la chambre à gaz. Enfin, lorsqu'elle en avait marre de m'avoir dans ses jupes, elle m'expédiait tondre des pelouses non sans m'avoir gratifié d'une raclée au préalable, avec une chaîne de chien à l'occasion. Pour douloureux que ce soit, j'encaissais – même les coups les plus atroces qu'elle m'administrait derrière les genoux avec un balai qui me laissaient parfois prostré sur le sol. Il m'est arrivé plus souvent qu'à mon tour de me traîner dans les rues en boitant, poussant la vieille tondeuse à gazon dans le but de gagner de l'argent pour La Mère.

En outre, la présence de papa ne m'était plus d'aucun secours vu que La Mère lui interdisait de [illegible]oir. L'espoir d'un changement m'abandonna et j'en vins à me croire condamné à être l'esclave de La Mère à vie. Au fil du temps, ma volonté faiblissait tandis que mes rêves d'être sauvé par Superman ou quelque héros de mon imagination s'envolaient. À l'évidence la promesse de papa de m'emmener n'était qu'un canular. Aussi décidai-je de ne plus prier et de vivre au jour le jour.

Un matin, à l'école, je fus convoqué par l'infirmière qui me posa des questions sur l'état de mes vêtements, sur les innombrables bleus de mes bras. D'abord, je lui sortis la fable serinée par La Mère. Puis, comme elle m'inspirait confiance, je lui ai avoué un certain nombre de choses. Après avoir tout noté, l'infirmière insista pour que je vienne la voir dès que j'aurais envie de parler. Par la suite, j'appris que son intérêt à mon égard avait été provoqué par le rapport de la suppléante.

Il était de tradition, chez La Mère, de sculpter des citrouilles à la fin du mois d'octobre. Comme de juste, je n'y avais plus droit depuis l'âge de sept ou huit ans. Mes frères s'y mirent un soir. Quant à moi, sitôt mes corvées terminées, La Mère remplit la baignoire et me rappela de garder la tête sous l'eau. Histoire de me rafraîchir la mémoire, elle me prit par le cou pour l'y plonger avant de sortir en trombe en éteignant la lumière. À ma gauche, il y avait une petite fenêtre par où je vis que la nuit tombait. Pour passer le temps, j'ai compté dans ma tête de un à mille. Plusieurs fois. Au fil des heures, la baignoire se vida tandis que j'avais de plus en plus froid. Les mains entre les jambes, je me suis appuyé de tout mon long sur le côté droit. Puis il y eut des grincements de porte, des hurlements de fantômes : il s'agissait du disque que La Mère avait offert à Stan quelques années auparavant. Après quoi, j'entendis celle-ci raconter, d'une voix douce, une histoire d'épouvante à mes frères qui avaient fini de sculpter les citrouilles. Une haine féroce m'envahit. C'était déjà pénible d'être banni dans la cour comme un chien pendant qu'ils se remplissaient la panse, mais grelotter dans une baignoire d'eau glacée alors qu'ils bouffaient des pop-corn en écoutant des histoires me donnait envie de hurler.

En outre, le ton de La Mère me rappelait celui de ma maman du temps jadis. Quant à mes frères, ils se comportaient à présent comme si je n'existais pas – bref, je comptais moins pour eux que les fantômes du disque de Stan. Toujours est-il que La Mère ne vint dans la salle de bains que lorsqu'ils se furent couchés et, l'air médusé de me voir toujours dans la baignoire, elle me demanda en ricanant :

— Alors, tu as froid ?

Comme je faisais signe que oui en tremblant de tous mes membres, elle ajouta :

— Dans ce cas, pourquoi mon petit trésor ne se bouge-t-il pas le cul pour aller se réchauffer dans le lit de son père ?

À toute vitesse, je sortis en trébuchant. À peine mes sous-vêtements enfilés, je me suis traîné dans le lit de papa, dont j'ai trempé les draps tant j'étais mouillé. En effet, je ne sais pourquoi, La Mère me donnait à présent la permission – que papa soit là ou pas – de dormir dans la grande chambre. Pour sa part, elle couchait dans celle de mes frères. Peu importait la raison, l'essentiel, c'était d'avoir le droit de fausser compagnie au vieux lit de camp du garage. Ce soir-là, papa rentra mais je m'endormis avant d'avoir pu lui dire quoi que ce soit.

Pendant les vacances de Noël, ce fut si affreux que je ne songeais qu'au jour de la rentrée scolaire. Certes, j'eus droit à une paire de patins à roulettes – cadeau qui me surprit beaucoup – jusqu'à ce que je découvre qu'il n'était en rien inspiré par l'esprit de Noël : La Mère avait trouvé un nouvel instrument de torture à mon intention. Ainsi, le week-end, elle me forçait à aller patiner pendant que les autres enfants restaient bien au chaud chez eux. Sans blouson – seul gamin du quartier à être dehors –, je faisais des allers et retours dans la rue. Plus d'une fois, Tony, un voisin qui m'apercevait en allant chercher son journal, me sourit avant de rentrer chez lui pour échapper au froid. La seule façon de me réchauffer, c'était de patiner le plus vite possible tandis que la fumée qui s'échappait des maisons exacerbait mon rêve d'être au coin du feu. Mais La Mère ne l'entendait pas de cette oreille, j'étais tenu de patiner des heures et elle ne me permettait de rentrer que lorsqu'elle avait besoin de moi.

Au mois de mars, La Mère, enceinte, eut des contractions au beau milieu des vacances de Pâques. Quand papa l'emmena à l'hôpital, je fis des prières pour que ce soit l'accouchement, non une fausse alerte tant j'appelais son départ de tous mes vœux. Au moins pendant son absence, papa me donnerait à manger et j'échapperais aux raclées.

Lors du séjour de La Mère à l'hôpital, mon père me permit de m'amuser avec mes frères qui m'acceptèrent immédiatement. Comme on jouait à *Star Trek,* Ron me fit l'honneur de m'attribuer le rôle du capitaine Kirk. Le soir de notre premier dîner, j'eus le droit de reprendre deux fois des sandwichs. Lorsqu'il allait voir La Mère, papa nous confiait à Shirley, une voisine adorable qui nous traitait comme si nous étions ses enfants. Sa façon d'organiser des parties de ping-pong ou de nous laisser faire ce qu'on voulait me rappelait ma maman de l'époque où elle ne me battait pas.

Cela ne dura pas longtemps, La Mère revint au bout de quelques jours avec notre nouveau petit frère : Kevin. Et tout redevint comme avant. Mon père n'était jamais là. La Mère se défoulait sur moi, son souffre-douleur, de toutes ses frustrations.

Cela étant, alors qu'elle n'avait pas l'habitude de fréquenter nos voisins, elle se lia avec Shirley – ce qui m'étonna – au point de la voir tous les jours. Devant notre voisine, La Mère jouait le rôle d'une femme affectueuse, dévouée à ses enfants, comme du temps où elle était animatrice chez les scouts. Shirley ne put toutefois s'empêcher de poser des questions à mon sujet. Pourquoi David n'avait-il pas le droit de jouer avec les autres gosses ? Et pourquoi était-il si souvent puni ? Les réponses de La Mère étaient aussi nombreuses que variées. David était enrhumé, a moins qu'il n'ait des devoirs à faire. Jusqu'au jour où elle finit par déclarer à son amie que David était un vilain garnement qui méritait des heures de consigne.

Au bout d'un certain temps, la belle amitié battit de l'aile et La Mère finit par couper les ponts sans motif. Elle interdit à mes frères de jouer avec le fils de Shirley qu'elle traitait sans arrêt de salope. Dommage pour moi. Même si je n'avais pas la permission de jouer avec les autres, je m'étais senti un peu plus en sécurité avec Shirley dans les parages.

Un dimanche, à la fin de l'été, La Mère entra dans la grande chambre où, ainsi qu'elle m'en avait donné l'ordre, j'étais assis dans la position du prisonnier de guerre. Elle me fit lever puis asseoir au bord du lit. Et elle décréta que ça ne pouvait plus durer, qu'elle était désolée, qu'elle voulait que ça change. Un sourire rayonnant aux lèvres, j'ai sauté dans ses bras, la serrant très fort. Au moment où elle m'a passé la main dans les cheveux, j'ai éclaté en sanglots. Maman aussi. Alors, j'ai osé croire en la fin de mon calvaire. Il n'empêche que, pour en être absolument sûr, il fallait qu'elle le répète. Aussi ai-je, craintivement, demandé :

— Vrai de vrai, c'est fini ?

— Oui, mon chéri. Tu dois oublier tout ce qui s'est passé et essayer d'être sage, d'accord ?

J'ai hoché la tête.

— Quant à moi, je vais faire tout mon possible pour être une gentille maman.

Après cette réconciliation, maman me permit de prendre un bain chaud et de mettre – pour la première fois – les vêtements neufs que j'avais reçus à Noël. Puis, elle m'emmena au bowling avec mes frères tandis que papa gardait Kevin. Sur le chemin du retour, elle s'arrêta au supermarché où elle acheta des toupies pour tout le monde. À la maison, j'eus le droit de jouer dehors avec mes frères, mais je préférai m'amuser seul avec ma toupie dans la chambre des parents. En plus, pour la première fois depuis une éternité – sauf quand il y avait des invités – j'ai dîné à la table familiale. Tout allait trop vite néanmoins, et j'avais le sentiment que c'était trop beau pour être vrai. N'osant être vraiment content, je marchais sur des œufs tant j'étais sûr que maman allait se réveiller et redevenir La Mère. Pour l'heure, ce ne fut pas le cas. Elle me laissa me remplir la panse au dîner et regarder la télé avec mes frères avant d'aller au lit. Comme je m'étonnais qu'elle tienne à ce que je continue de dormir avec papa, elle invoqua le bébé dont elle ne voulait pas s'éloigner.

Le lendemain, papa était à son travail quand une dame des services sociaux se présenta dans l'après-midi. Maman m'envoya rejoindre mes frères dans le jardin pendant qu'elles parlaient. Leur conversation dura plus d'une heure au bout de laquelle maman me rappela parce que la dame voulait me poser des questions :

— Est-ce que tu es heureux ?

— Oui, ai-je répondu.

— Est-ce que tout se passe bien avec ta mère ?

— Oui.

— Est-ce qu'il arrive à ta mère de te battre ?

Avant de répondre, j'ai regardé maman. Elle affichait un sourire poli.

L'impression qu'une bombe explosait dans mon ventre s'est emparée de moi doublée d'une horrible envie de vomir. Évidemment, quel imbécile j'étais ! Voilà pourquoi La Mère avait changé d'attitude et m'avait traité si gentiment. À cause de ce foutu besoin d'amour, j'avais tout gobé.

La main que La Mère posa sur mon épaule me fit retomber sur terre.

— Voyons, mon chéri, raconte à la dame que je ne te donne rien à manger et te rosse comme un chien, fit-elle avec un petit rire auquel elle chercha à associer l'assistante sociale.

Écarlate, le front moite, je levai les yeux vers celle-ci. Le courage de dire la vérité me manqua.

— Mais non, m'dame, c'est pas vrai. Maman est très gentille avec moi.

— Et elle ne te bat jamais ? insista l'assistante sociale.

— Non... euh... seulement pour me punir quand je ne suis pas sage, affirmai-je, soucieux de ne pas vendre la mèche.

Un regard à La Mère suffit à me faire comprendre que je n'avais pas dit ce qu'il fallait. Dieu sait pourtant qu'elle me dressait depuis des lustres ! En plus, notre échange silencieux n'avait pas échappé à la dame.

— Très bien, conclut-elle. Je voulais simplement faire votre connaissance.

La Mère la raccompagna à la porte. L'instant d'après, elle se tourna vers moi en hurlant :

— Espèce de petit merdeux !

Instinctivement, je me suis protégé le visage qu'elle a giflé avant de m'expédier au garage. Elle fit dîner ses fils et m'appela pour la vaisselle à laquelle je me suis attelé sans être trop démoralisé. Au fond, j'avais deviné que la cause de la tendresse de La Mère n'était pas son affection pour moi. J'aurais dû me douter de son manque de sincérité, elle faisait pareil quand grand-mère venait pour les vacances. Au moins avais-je eu deux jours de répit, c'était toujours ça de pris, d'autant que ça ne m'était pas arrivé depuis belle lurette. À présent, je n'avais qu'à me remettre au boulot en ne comptant que sur moi pour tenir le coup, sans guetter, le dos rond, à quel moment le ciel risquait de me tomber sur la tête. La vie reprenait son cours habituel, et moi mon rôle d'esclave de la famille.

Même si j'acceptais mon sort, je me sentais terriblement seul les matins où papa partait travailler. Ces jours-là, il se levait à 5 heures et, sans qu'il s'en aperçoive, j'étais toujours réveillé. Je l'écoutais se raser dans la salle de bains, aller manger un morceau dans la cuisine. Quand il mettait ses souliers, cela signifiait son départ imminent. Quelquefois, je me retournais dans le lit juste à temps pour le voir ramasser le sac bleu roi de la Pam Am où il mettait quelques affaires. Puis il me posait un baiser sur le front en me recommandant :

— Tâche de lui faire plaisir et ne reste pas dans ses jambes.

Quels que soient mes efforts pour m'en empêcher, j'éclatais en sanglots.

C'était insupportable pour moi de le voir s'en aller ; d'ailleurs, il le savait même si je ne le lui disais pas. Il refermait la porte de la maison, remontait l'allée menant à la rue. Je comptais ses pas tandis que je me le représentais en train de tourner à gauche pour gagner l'arrêt du bus de San Francisco. Les jours de courage, sautant du lit, je courais le regarder s'éloigner par la fenêtre, mais, la plupart du temps, je restais couché à la place tiède qu'il venait de laisser. Longtemps après son départ, je m'imaginais l'entendre encore jusqu'à ce qu'un vide glacial me creuse face à l'évidence. J'aurais voulu rester toujours auprès de mon père – l'être que j'aimais le plus au monde – et, persuadé de ne jamais le revoir, je laissais mes larmes couler sans retenue.

7

Le Notre Père

Environ un mois avant d'entrer en septième, j'aboutis à la conclusion que Dieu ne veillait pas sur moi.

Seul dans le garage ou recroquevillé dans la pénombre de la chambre de mes parents en train de lire, j'acquis la conviction que j'étais condamné à cette vie jusqu'à la fin de mes jours. Or aucun Dieu juste ne m'aurait abandonné à un tel sort. Par conséquent, cette lutte pour la vie qui était mon lot, je la livrais en solitaire.

À cette époque, j'avais réussi à m'insensibiliser à la douleur physique. La Mère ne s'acharnait plus sur moi mais sur une poupée de chiffons. Bien que perpétuellement déchiré entre la peur et la fureur, je n'exprimais ces émotions que si je jugeais que cela calmerait la Garce ou me servirait d'une manière quelconque. Ne voulant à aucun prix lui donner le plaisir de savourer ma défaite, je m'interdisais de pleurer.

La nuit, je ne rêvais plus ; le jour, je bridais mon imagination. Les moments d'évasion où je me voyais voler dans les nuages en costume bleu étincelant appartenaient à un passé révolu. Mes heures de sommeil étaient un gouffre noir dont je me réveillais fatigué avec l'idée que c'était un jour de moins à tirer en ce bas monde. Je faisais mon boulot en traînassant, plein d'une perpétuelle appréhension. Avec la disparition de mes rêves, les mots d'espoir et de foi perdirent leur sens pour ne plus être que des lettres accolées au hasard, des balivernes de contes de fées.

Lorsqu'on daignait me donner de la nourriture, je l'engouffrais comme un chien errant en poussant les grognements qu'exigeait La Mère. Indifférent à ses sarcasmes, je nettoyais les plats sans laisser une miette. Rien n'était indigne de moi. Un samedi, alors que je faisais la vaisselle du matin, La Mère balança des restes de crêpes dans l'écuelle des chiens. Très bien nourris, ceux-ci y touchèrent à peine puis retournèrent dormir dans leur coin. Du coup, après avoir rangé des casseroles dans le placard du bas, je me mis à quatre pattes pour dévorer ce qu'ils avaient laissé, à peine dégoûté par l'odeur canine dont c'était imprégné. Nul doute que je le paierais cher si la Garce me prenait sur le fait, mais je n'avais pas le choix – c'était une question de vie ou de mort.

L'âme glacée, j'exécrais tout – fût-ce le soleil puisque je ne pouvais pas aller jouer dehors quand il brillait. Les rires d'enfants, qui eux en avaient le droit, m'emplissaient de rancœur. Dès que des odeurs de plats destinés à d'autres parvenaient à mes narines, mon estomac se nouait. Enfin, chaque fois que La Mère me sommait de monter ranger le désordre de mes porcs de frangins, je serrais les poings, prêt à cogner.

Bien entendu, l'objet de ma haine la plus absolue, c'était La Mère. Si je souhaitais sa mort de toutes mes forces, je voulais, qu'auparavant, rien de ma souffrance, de ma solitude ne lui soit épargné. Au cours des longues années où j'avais imploré Dieu, il n'avait exaucé mes prières qu'une fois. J'avais cinq ou six ans. La Mère m'avait poursuivi d'un bout de la maison à l'autre en me tabassant. Et le soir, avant de me coucher, je m'étais agenouillé en suppliant Dieu de la faire tomber malade pour qu'elle ne puisse plus me frapper. Ma prière avait été si longue, si fervente que j'en avais eu mal à la tête. Quelle n'avait pas été ma stupéfaction de découvrir le lendemain matin La Mère prostrée sur le canapé, incapable de bouger. Comme papa travaillait, on l'avait dorlotée, mes frères et moi.

Au fil du temps et de l'intensification de sa violence, je me mis à calculer les années qui lui restaient par rapport à son âge. Il me tardait de voir son âme se détacher de son corps et rôtir en enfer, afin d'être enfin libéré de son joug.

À dire vrai, je détestais aussi papa pour sa lâcheté alors qu'il était parfaitement conscient de l'enfer que je vivais. Lui, qui m'avait tant de fois promis de me sauver, ne levait pas le petit doigt. En réfléchissant à son attitude à mon égard, je compris malgré tout qu'il me considérait comme partie prenante du problème, voire comme un traître. En effet, La Mère m'associait toujours à leurs bagarres, me faisant venir tôt ou tard, m'obligeant à répéter les obscénités qu'il avait proférées lors de leurs précédentes disputes. Parfaitement conscient de son but, je n'avais pas le choix : le pire pour moi, c'était sa rage. Alors, je répétais docilement ce qu'elle voulait entendre. Si j'avais un trou de mémoire, il fallait que j'improvise. Très perturbé de l'ingratitude dont je faisais du coup preuve envers mon père, j'ai tenté de lui en expliquer les raisons. D'abord il a eu l'air de comprendre, puis il a fini par perdre confiance en moi. Et, au lieu de me faire de la peine, il m'a inspiré un mépris accru.

En outre, je n'avais plus de frères. Au début, ils s'étaient débrouillés pour me soutenir un peu mais à partir de 1972, ils commencèrent eux aussi à me rosser. À tour de rôle. Sans compter les ordres qu'ils me donnaient avec un plaisir manifeste, du haut de leur sentiment de supériorité – n'étais-je pas l'esclave de la famille ? Mon cœur se glaçait dès qu'ils s'approchaient, et, j'en suis persuadé, ils voyaient la haine qui me défigurait. À l'occasion, très rarement, je me vengeais en traitant celui qui me frôlait de *trou du cul*. À mi-voix naturellement, il ne fallait surtout pas qu'ils m'entendent. Du reste, voisins, parents, tous ceux qui me croisaient et connaissaient ma situation, je les vouais aux gémonies. La haine était la seule chose qui me restait.

À dire vrai, c'est à moi que j'en voulais le plus. Tout était de ma faute, à cause de la passivité avec laquelle je supportais depuis des lustres de ne pas avoir ce qu'avaient les autres que je détestais pour ça. Et je n'avais pas le courage de résister à ma garce de mère – moi qui me voulais fort, je n'étais qu'un lâche. Bref, j'estimais mériter ma situation. Sans compter que depuis des années, La Mère ne cessait de me fourrer cette idée dans le crâne en me forçant à répéter à haute voix : « Je me déteste ! » Nul doute que ses efforts portaient leurs fruits.

Juste avant de rentrer en septième, j'en étais à espérer la mort tant je me faisais horreur.

Hélas, l'école ne m'attirait plus comme avant. Malgré mon application, ma colère sourde éclatait. Et souvent au mauvais moment. Comme ce vendredi de 1973 où – sans rime ni raison – je suis sorti de la classe en hurlant et en claquant la porte avec une telle violence que je crus qu'elle allait voler en éclats. Après quoi, j'ai couru comme un dératé aux toilettes où j'ai martelé le carrelage de mes petits poings rougis jusqu'à m'écrouler, à bout de forces, en priant pour un miracle. Il ne s'est pas produit.

En fait, en dehors des heures de classe, les choses ne se passaient pas beaucoup mieux qu'à l'asile de fous de La Mère vu que mes camarades, profitant de mon statut de paria de l'école, prenaient le relais. L'un d'eux, Clifford – une brute de la cour de récré –, m'agressait systématiquement quand je rentrais au pas de course chez moi. Il me flanquait une rossée pour se faire valoir auprès de ses copains. Proie facile pour lui et sa bande, je ne luttais pas et me laissais tomber en me protégeant le visage.

Et puis il y avait Aggie dont les supplices étaient plus raffinés. Elle prenait plaisir à trouver des formules différentes pour m'assener à quel point elle aurait aimé me voir raide mort. D'une prétention incroyable, c'était la meneuse d'une bande de filles qui, outre le plaisir de me torturer, semblait n'avoir d'autre intérêt dans l'existence que de se pavaner dans leurs beaux habits. Si j'avais toujours eu conscience du mépris d'Aggie à mon égard, je n'en ai mesuré l'étendue qu'à la fin de la huitième dont l'institutrice était sa mère. Le dernier jour de l'année, Aggie débarqua dans ma classe où, faisant mine de vomir, elle claironna :

— Quand je pense que David Pelzer le Puant va être dans ma classe l'année prochaine !

De toute façon, elle n'était contente que lorsqu'elle lançait une vacherie sur mon compte devant ses copines.

Cela dit, je ne prenais pas Aggie au sérieux. Lors d'une excursion de la classe de septième – la visite d'un voilier ancré dans le port de San Francisco –, je fus obligé de réviser mon opinion. Alors que posté, seul, à l'avant du bateau, je contemplais l'eau, Aggie s'approcha de moi et, un méchant sourire aux lèvres, souffla :

— Saute !

Sa voix me fit sursauter. Comme je la dévisageais pour saisir le sens de ce qu'elle venait de dire, elle répéta calmement, avec douceur :

— Allez, vas-y, saute ! David Pelzer, je sais tout sur toi. Crois-moi, c'est la seule façon de t'en sortir.

Une autre voix s'éleva :

— Elle a raison, tu sais.

C'était John, élève de ma classe, copain macho d'Aggie. Je me suis tourné vers la rambarde pour fixer l'eau verte et glacée qui clapotait sur la coque du voilier. L'espace d'un instant, je me suis vu y plongeant avec la certitude de m'y noyer. La vision qui me promettait d'être ainsi délivré d'Aggie et consorts, de tout ce que je détestais ici-bas, me rasséréna. Tout de même, je me ressaisis, regardant John droit dans les yeux, sans ciller. Sensible à ma fureur, celui-ci me faussa compagnie en entraînant Aggie.

Au début de la septième, M. Ziegler, mon professeur principal, ne comprenait pas pourquoi j'étais un gamin si difficile. Une fois que l'infirmière lui eut expliqué les raisons de mes chapardages et de ma tenue vestimentaire, il mit un point d'honneur à me traiter de la même manière que les autres. En tant que responsable du journal de l'école, il avait la tâche de constituer le groupe d'élèves qui serait chargé d'en trouver le titre. Ma suggestion qui figurait sur la liste des propositions soumises au choix de l'école fut retenue à la majorité des voix. Ce jour-là, M. Ziegler me prit à l'écart pour me féliciter. J'étais au septième ciel, cela faisait si longtemps qu'on ne m'avait pas fait de compliment que je faillis fondre en larmes. Pardessus le marché, M. Ziegler me donna une lettre pour La Mère en m'assurant que je n'avais rien à craindre.

Fou de joie, je suis rentré à la maison bien plus vite qu'à l'ordinaire. À croire que je n'avais toujours rien compris vu la réaction de La Mère à la lecture de la lettre.

— M. Ziegler considère que je devrais être fière de toi car tu as trouvé le titre du journal de l'école. En plus, il prétend que tu es l'un des meilleurs élèves de sa classe. Eh ben dis donc, t'es un vrai crack ! railla-t-elle.

Puis, d'un ton glacial, elle poursuivit en me menaçant du doigt :

— Ce qu'il faut que tu te fourres dans le crâne, espèce de fils de pute, c'est que rien de ce que tu fais ne m'impressionne ! Est-ce que c'est clair ? Tu n'es qu'un minable – *un Moins que Rien* ! Tu n'as pas d'existence ! Tu me fais tellement horreur que je voudrais te voir mort ! Tu m'entends ? Mort !

Après avoir déchiré la lettre en mille morceaux, elle fit volte-face et retourna à sa télé. Quant à moi, tétanisé, je n'arrivais pas à détacher les yeux des bouts de papier à mes pieds. J'avais beau l'avoir entendue m'abreuver d'insultes des milliers de fois, j'étais assommé par l'expression : *Un Moins que Rien.* La Mère me privait de toute identité. Je ne cessais de me donner un mal de chien pour qu'elle me reconnaisse. Peine perdue. Une fois de plus, j'avais échoué. Un désespoir plus profond que jamais me terrassa parce que je sentais bien que c'était un cri du cœur, non des paroles provoquées par l'ivresse. Si elle était revenue en brandissant un couteau pour en finir, j'aurais été soulagé !

À genoux, je me suis escrimé à recoller les morceaux de la lettre sans y arriver. Et je les ai jetés à la poubelle. En cet instant précis, la mort me semblait infiniment préférable à la vie. Je n'avais plus aucun espoir puisque j'étais *Un Moins que Rien.*

Cet épisode m'accabla tant que – jouet de pulsions autodestructrices – je me mis à souhaiter de toutes mes forces que La Mère me tue, persuadé d'ailleurs qu'elle passerait à l'acte tôt ou tard. Du coup, pour la mettre hors de ses gonds, je faisais mon boulot par-dessus la jambe – oubliant volontairement de sécher le carrelage de la salle de bains dans l'espoir que La Mère ou l'un de ses sujets glisserait et se casserait une jambe. À moins que je ne laisse exprès des rogatons sur les assiettes que j'étais censé laver. Bref, je m'escrimais à faire comprendre à la Garce que je me fichais éperdument de ses réactions.

Ce changement en moi attisait ma révolte – je n'avais plus peur de lui tenir tête même dans un lieu public, tel le supermarché où cela arriva un jour. D'ordinaire, je restais dans la voiture quand nous y allions, mais cette fois La Mère voulut que je l'accompagne et que je reste planté, tête basse, la main sur le Caddie. Non content de lui désobéir, je me suis éloigné à grands pas – sûr qu'elle ne voudrait pas d'esclandre –, en rembarrant mes frères. La coupe était pleine, il n'était plus question qu'on me marche sur les pieds !

Consciente des regards des clients, de leur oreille à la traîne, La Mère me prit doucement par le bras en me demandant, gentiment, de me calmer. Si d'avoir le dessus dans le magasin me donnait des ailes, je savais que j'allais le payer cher dès que nous en serions sortis. Cela ne rata pas. D'abord, j'eus droit à une gifle magistrale. Ensuite, dans la voiture, La Mère me força à m'étendre au pied de la banquette arrière où mes frères me piétinèrent à tour de rôle pour me punir de mon insolence. Enfin, dès notre arrivée à la maison, elle prépara un mélange d'ammoniaque et d'eau de Javel. Ayant deviné que je me servais du chiffon comme d'un masque, elle l'y trempa. Sitôt la porte fermée, je me suis précipité vers la bouche d'aération. Pas un souffle d'air. Je dus rester plus d'une heure dans la salle de bains où les vapeurs grises se condensèrent. Les larmes qui me montèrent aux yeux intensifièrent manifestement l'effet du poison – saisi de haut-le-cœur, j'ai craché des mucosités au bord de la syncope. Quand La Mère se décida à me libérer, je me suis rué vers le couloir, mais, m'attrapant par la peau du cou, elle voulut me plonger le visage dans le seau. Je me débattis comme un beau diable. Elle n'y réussit pas. S'il est vrai que je redevins une mauviette après cette séance prolongée dans la chambre à gaz, la tension s'accumulait malgré tout en moi – volcan sur le point d'entrer en éruption.

Mon petit frère Kevin fut celui grâce à qui je ne sombrai pas dans la folie. C'était un merveilleux bébé que j'adorais. Trois mois et demi avant sa naissance, La Mère m'avait permis de regarder la télé à l'occasion de Noël. Après l'émission, pour des motifs obscurs, elle m'avait expédié dans la chambre de mes frères où elle m'avait rejoint. Et, m'enserrant le cou de ses mains, elle avait tenté de m'étrangler. J'avais bougé la tête frénétiquement pour me dégager jusqu'au moment où, prêt à tomber dans les pommes, j'avais eu le réflexe de lui donner un coup de pied dans les jambes. J'allais le regretter.

Le mois d'après, La Mère m'assura qu'à cause de moi, le bébé ne serait pas normal. Évidemment, j'eus l'impression d'être un assassin. D'autant qu'elle n'en resta pas là, racontant à qui voulait l'entendre des versions différentes de l'incident. Tantôt, j'avais réagi en lui flanquant des coups de pied ou de poing dans le ventre alors qu'elle voulait me serrer dans ses bras. Tantôt, elle présentait ma brutalité comme une conséquence de ma jalousie, de ma peur que le futur bébé ne l'absorbe à mon détriment.

Il n'en reste pas moins que mon amour pour Kevin était sincère. N'ayant pas plus le droit de lever les yeux sur lui que sur mes frères, je n'avais toutefois pas l'occasion de le lui montrer. Sauf un certain samedi dont le souvenir s'est gravé dans ma mémoire. La Mère avait emmené les autres à un match de base-ball à Oakland, laissant Kevin à papa, et moi à mes travaux forcés. Ceux-ci terminés, papa sortit mon petit frère de son lit. À ma grande joie, je l'ai regardé se traîner partout à quatre pattes, adorable dans sa jolie barboteuse. À un moment, Kevin leva la tête et me sourit. Je fondis. Oubliant ma misère, fasciné par son innocence, je ne l'ai plus lâché d'une semelle tout en prenant soin d'essuyer la bave de sa bouche, de veiller à ce qu'il ne se fasse pas mal. Avant le retour de La Mère, j'ai même joué à la main chaude avec lui et son rire me fit chaud au cœur. En tout cas, par la suite, je pensais à lui dès que j'avais le cafard, souriant intérieurement à ses cris de joie.

Ce bref épisode n'étouffa pas ma haine bien longtemps, elle resurgit en dépit de tous mes efforts pour l'enfouir. À dire vrai, la certitude qu'on ne m'aimerait jamais, que je n'aurais jamais droit à la même vie que mes frères, m'empoisonnait. Sans compter que Kevin finirait par me rejeter comme eux – ce n'était qu'une question de temps.

Au cours de l'automne, La Mère commença à s'en prendre à d'autres personnes qu'à moi. Si sa cruauté à mon égard ne désarmait pas, elle réussit à se mettre à dos ses amis, son mari, son frère et même sa mère. Depuis ma petite enfance, je savais qu'elle ne s'entendait pas avec les membres de sa famille à qui elle reprochait de se mêler de sa vie. Mal à l'aise avec eux, elle ne supportait carrément pas grand-mère – femme autoritaire également – qui ne cessait de vouloir lui offrir des robes ou des rendez-vous chez le coiffeur. Ce que La Mère refusait systématiquement, à grand renfort de cris pour que grand-mère prenne la porte. En outre, celle-ci prenait parfois mon parti. C'était le bouquet pour La Mère qui, outrée, braillait que son apparence, l'éducation qu'elle donnait à ses enfants ne regardaient personne. De guerre lasse, ma grand-mère ne vint presque plus à la maison.

Il n'empêche qu'à l'approche des vacances de Noël, les deux femmes passaient leur temps à se crêper le chignon au téléphone. Et, comme de juste, ça me retombait sur le dos dès que La Mère raccrochait après avoir traité grand-mère de tous les noms imaginables. Une fois, je l'ai même entendue convoquer mes frères au sous-sol pour leur annoncer qu'ils n'avaient plus ni grand-mère ni oncle.

Enfin, La Mère était odieuse avec papa. Quand il passait – pour un moment ou pour la journée –, elle l'engueulait dès qu'il apparaissait sur le pas de la porte. Du coup, il arrivait souvent éméché et l'évitait en faisant des petits boulots dans le voisinage. Cela étant, elle le poursuivait jusqu'à son travail où elle l'appelait pour l'injurier, le traiter de « chiffe molle », de « poivrot », – ses deux injures de prédilection. Au bout d'un certain temps, le pompier qui répondait au standard se contenta de poser le combiné sans transférer l'appel à mon père. De quoi attiser la fureur de La Mère, et, une fois de plus, c'était moi qui en faisais les frais.

En fin de compte, elle chassa papa de la maison. Pendant un moment, on ne le vit plus que lorsqu'on allait chercher le chèque de sa paye à San Francisco. Un jour, on passa par le Golden Gate

Park. Malgré la rage qui m'habitait en permanence, le souvenir de l'époque où ce parc signifiait tant pour nous me revint en mémoire. À leur silence, je compris qu'aucune magie n'auréolait plus les lieux pour mes frères qui se rendaient peut-être compte que le bon temps était aussi révolu pour eux.

Il y eut un intermède – bref – pendant lequel La Mère changea d'attitude envers papa. Un dimanche, elle nous fourra tous dans la voiture et fit le tour des magasins afin de trouver un disque de chants allemands, censés créer une atmosphère chaleureuse pour le retour au bercail de papa. L'après-midi durant, elle prépara un festin avec autant d'ardeur qu'auparavant. Et elle mit des heures à se pomponner, allant jusqu'à enfiler une robe évoquant la femme qu'elle était autrefois. Moi, à la voir arpenter la maison, ranger tout ce qui traînait, je crus que Dieu exauçait mes prières. Obsédé par la nourriture pour ne pas changer, je me dis qu'elle aurait, cette fois, la bonté d'âme de me laisser partager le repas familial. La déception fut d'autant plus cruelle.

L'après-midi s'étira avec lenteur alors qu'on attendait papa pour le déjeuner. Au moindre bruit de voiture, La Mère se précipitait à la porte pour l'accueillir à bras ouverts. Or, il ne débarqua avec un collègue qu'un peu après 16 heures, tenant à peine sur ses jambes. Nul doute qu'il fut surpris par l'ambiance gaie et chaleureuse. De la chambre de mes parents où je m'étais réfugié, j'entendis la voix tendue de La Mère qui s'armait de patience. L'instant d'après, papa entra en titubant. Médusé – je ne l'avais jamais vu aussi saoul – je m'aperçus qu'il puait l'alcool à plein nez et avait le plus grand mal à garder ouverts ses yeux injectés de sang. Avant même qu'il n'ouvre la porte du placard, j'avais deviné son intention et les raisons de son passage à la maison. Comme il bourrait d'affaires son sac bleu, je me suis mis à pleurer en silence. J'aurais tellement aimé rapetisser au point de tenir dans son sac pour qu'il m'emmène avec lui !

Une fois prêt, papa s'agenouilla pour me chuchoter quelques mots. Les jambes de plus en plus flageolantes, je l'ai regardé tandis que les questions se bousculaient dans ma tête. *Où est mon héros ? Qu'est-ce qui lui est arrivé ?* En ouvrant la porte de la chambre pour sortir, papa se cogna à son copain – aussi ivre que lui – et faillit se casser la figure. Alors, d'une voix triste, il me dit :

— Je ne peux plus supporter tout ça. Ta mère. Toi. Vraiment, je n'en peux plus.

Avant de s'en aller, il ajouta, si bas que je l'entendis à peine :

— Pardonne-moi... je suis désolé.

Cette année-là, le repas de Thanksgiving fut une catastrophe. En signe de bonne volonté, La Mère me permit de prendre place à la table familiale. Tassé sur ma chaise, j'ouvris à peine la bouche de crainte de déclencher ses foudres. La tension, palpable, entre mes parents, dégénéra en dispute dès la fin du repas. Du coup, papa mit les voiles sans demander son reste tandis que La Mère prenait sa bouteille bien-aimée dans un placard du salon. Vautrée sur le canapé, elle but verre sur verre. Je desservis, fis la vaisselle. Ce coup-ci, j'eus l'impression de ne pas être le seul à être perturbé par son comportement – on aurait dit que mes frères ressentaient enfin la même peur que moi.

Pendant un petit moment, La Mère et papa essayèrent d'être polis l'un envers l'autre. À Noël cependant, ils n'en pouvaient déjà plus de leur comédie ; cette amabilité forcée leur coûtait trop. Assis sur la plus haute marche de l'escalier alors que mes frères défaisaient leurs cadeaux, je les entendis échanger des mots durs. Tout en priant pour qu'ils se réconcilient – ne serait-ce qu'en ce jour de fête – il me parut évident que seule ma mort exaucerait ma prière.

Quelques jours après Noël, La Mère emballa les affaires de papa et nous emmena en voiture jusqu'à un motel miteux, à quelques pâtés de maisons de la caserne, où il nous attendait, l'air calme. La mort dans l'âme, je compris l'inutilité de mes années de prières : ça y était, mes parents se séparaient. À force de serrer les poings, je sentis que mes ongles me transperçaient les paumes. Tandis que La Mère et mes frères accompagnaient papa dans sa chambre, je suis resté dans la voiture à maudire ce dernier. Si je le haïssais de nous abandonner, j'étais surtout jaloux qu'il ait réussi à se sauver. Moi pas. Moi, j'étais condamné à rester sous le joug de La Mère.

Avant que celle-ci ne démarre, mon père me passa un paquet par la fenêtre en m'expliquant que j'y trouverais les renseignements qu'il m'avait promis de réunir pour un devoir que j'avais à faire. Quel que soit son soulagement de quitter La Mère, ce ne fut pas moins avec un regard triste qu'il nous regarda partir.

Le retour à Daly City se fit dans un climat pesant. Mes frères ne se parlaient qu'à voix basse pour éviter de contrarier La Mère. À proximité de la maison, elle leur proposa un tour au McDo pour leur remonter le moral. Comme à l'ordinaire, je fus confiné dans la voiture pendant qu'ils allaient commander. Par la fenêtre, j'ai regardé le ciel. Des gouttes de la brume épaisse qui envahissait l'atmosphère perlèrent sur mon visage. La terreur s'empara de moi : désormais, rien n'arrêterait La Mère. Il n'y avait plus aucun espoir. La volonté de continuer m'abandonna et j'eus l'impression d'être un condamné à mort attendant l'heure de son exécution.

Paralysé de peur, je fus incapable – malgré mon envie folle – de m'enfuir de la voiture et je m'en suis terriblement voulu. Quelle lâcheté ! Au lieu de quoi, j'ai serré de toutes mes forces le paquet de papa, l'ai humé dans l'espoir d'y trouver une trace de son after-shave.

En vain. Alors, j'ai éclaté en sanglots, vouant Dieu aux gémonies. Lui qui assistait à ma lutte depuis toujours, il se contentait de regarder les choses empirer. Il n'était même pas fichu de m'accorder la consolation d'un soupçon d'odeur. Dieu me privait de toute espérance. Le maudissant, je lui ai reproché de m'avoir laissé naître.

J'entendis les pas de La Mère et de mes frères. Essuyant hâtivement mes larmes, je me suis recroquevillé dans ma coquille. Une fois sortie du parking, elle m'a lancé un coup d'œil dans le rétroviseur avant de lâcher en ricanant :

— Maintenant, tu es tout à moi. Quel dommage que ton père ne soit plus là pour te protéger !

J'étais sans défense. À l'évidence, je n'en réchapperai pas, elle me tuerait – tôt ou tard. Au fond, je n'avais plus qu'un espoir, c'est qu'elle ait pitié de moi et le fasse le plus vite possible.

Mes frères dévoraient leur hamburger. Furtivement, les mains jointes, les yeux fermés, j'ai prié de tout mon cœur. Quand le break entra dans l'allée, je sentis que mon heure était venue. Avant d'ouvrir la portière, j'ai baissé la tête, et, le cœur en paix, j'ai murmuré : *Et délivre-moi du mal. Amen.*

Épilogue

Comté de Sonoma, Californie

Je suis vivant ; c'est extraordinaire.

Une brise souffle des collines tandis que je contemple la splendeur de l'océan Pacifique qui s'étire à l'infini. La journée a été magnifique – comme toujours. Le soleil plonge à l'horizon. Dans quelques instants, la magie va se déployer et embraser le ciel bleu d'orange éclatant. Je regarde à l'ouest, fasciné par les vagues. L'une, gigantesque, se dresse avant de se briser sur le rivage m'aspergeant le visage d'embruns. L'écume blanche me recouvre les pieds, puis se perd dans le ressac. C'est alors que la mer rejette sur le sable un bout de bois étrangement tordu. Poli, délavé, criblé de trous. Au moment où je me penche pour le ramasser – mes doigts effleurent l'eau –, l'eau le happe. L'espace d'un instant, on dirait qu'il s'arc-boute au rivage et c'est en y laissant une empreinte qu'il s'abandonne aux flots où il tressaute violemment.

Ce bout de bois symbolise tellement ma vie passée que je suis émerveillé. Au cours de mon enfance, extrêmement tumultueuse, déchirée dans tous les sens, plus ma situation empirait, plus j'avais le sentiment d'être aspiré par un courant irrésistible, d'être entraîné dans une spirale infernale malgré mes efforts forcenés pour y échapper. Jusqu'au jour où – comme par miracle – la liberté m'a été offerte.

J'ai une chance inouïe. Désormais, cette abominable période est derrière moi. À dire vrai, même aux heures les plus noires, j'avais malgré tout le sentiment diffus d'être l'artisan de mon sort et je m'étais fait le serment – si j'en sortais vivant – de tout mettre en œuvre pour devenir un homme bien. Et j'ai tenu parole. J'ai réussi à ne pas me laisser obséder par mon passé, à ne voir en mon enfance qu'une parcelle de mon existence. Certes l'abîme n'était jamais loin, prêt à m'engloutir, à contrôler ma destinée – mais uniquement si j'y consentais. Ce ne fut pas le cas, j'ai pris la maîtrise de ma vie et lui ai donné un élan positif.

Les épreuves de mon enfance m'ont donné une grande force intérieure. J'ai appris à m'adapter rapidement aux situations difficiles, à les surmonter en découvrant le secret de la motivation personnelle. Grâce à mon expérience, j'ai une vision de la vic que peu d'êtres humains partagent, je suis capable d'apprécier ce que beaucoup considèrent comme un dû. À l'évidence, j'ai fait un certain nombre d'erreurs en cours de route, mais j'ai pu rebondir. Au lieu de m'appesantir sur le passé, je me suis cramponné à mon but avec autant de détermination qu'aux moments les plus atroces où, exclu dans le garage, je sentais Dieu m'effleurer l'épaule pour m'insuffler le courage dont j'avais besoin.

Entre autres grâces dont j'ai bénéficié, il y a les rencontres avec des personnes qui ont eu une influence bénéfique sur le cours de mon existence.

Ils sont innombrables ceux qui m'ont poussé, aidé à faire les bons choix, soutenu dans ma volonté de m'en sortir. Lorsque je me suis enrôlé dans l'armée de l'air, celle-ci, m'inculquant les valeurs traditionnelles, m'a procuré un sentiment de fierté et d'appartenance jamais éprouvé. Après des années de lutte, ma vie a pris un sens et, surtout, j'ai pris conscience que l'Amérique est bien ce pays où tout le monde a une chance de réussir en partant de rien.

Le fracas des vagues me ramène à la réalité. Le bout de bois a disparu dans l'eau tourbillonnante. Sans hésiter, je fais volte-face pour retourner à ma camionnette. L'instant d'après, je fonce sur une route sinueuse menant à la rivière Russian – ce lieu chimérique auquel je ne cessais de rêver lorsque j'étais plongé dans les ténèbres. À présent, j'y vais dès que j'en ai la possibilité. Après m'être arrêté prendre un passager – qui m'est très cher – à Rio Villa, près de Monte Rio, je roule de nouveau sur la chaussée à une voie. En fait, c'est une course contre la montre car le soleil se couche tandis que le rêve de ma vie est sur le point de se réaliser.

À peine suis-je entré dans le village paisible de Guerneville que je ralentis beaucoup, freinant avant de tourner à droite dans Riverside Drive. Les vitres baissées, je respire l'air pur, imprégné d'effluves des séquoias dressés de part et d'autre du chemin dont les branches oscillent doucement sous le vent.

Enfin, j'arrête la Toyota blanche devant la maison où – il y a une éternité – je passais des vacances avec ma famille au 17426 Riverside Drive. Elle a changé. Cela fait longtemps que deux petites chambres ont été rajoutées derrière la cheminée.

On avait même l'intention, avant l'inondation de 1986, d'agrandir la cuisine. Quant à la souche d'arbre que mes frères et moi ne cessions d'escalader, elle est complètement pourrie. Du chalet de mon enfance, ne subsistent que le plafond de cèdre et la cheminée en pierres.

En proie à une légère mélancolie, je m'avance à pas lents sur le chemin gravillonné. Puis, discrètement, pour ne déranger personne, je guide mon fils Stephen dans une trouée où nos parents nous faisaient passer dans le temps, située à quelques mètres d'une maison. J'en connais le propriétaire qui ne se formalisera sûrement pas. Sans mot dire, mon fils et moi nous tournons vers la rivière Russian dont l'eau verte, toujours aussi miroitante, coule immuablement vers l'océan Pacifique. Des geais bleus s'interpellent tout en planant dans les airs avant de disparaître dans les séquoias. Le ciel est diapré de lueurs bleutées, orangées. Les yeux fermés, je prends une profonde respiration et savoure ce moment exquis comme je le faisais autrefois.

Une larme, une seule, coule sur ma joue quand je relève les paupières. À genoux, j'entoure de mes bras les épaules de Stephen qui, sans hésiter, m'embrasse.

— Papa, je t'aime.

— Moi aussi, de tout mon cœur.

Mon fils lève les yeux vers le ciel qui s'obscurcit, les écarquille pour ne rien perdre du soleil couchant. Et il déclare :

— C'est l'endroit au monde que je préfère !

La gorge serrée, je lui réponds tout en pleurant :

— Moi aussi.

Stephen a beau avoir l'innocence magique de son âge, il a déjà une certaine sagesse. À la vue des larmes qui ruissellent sur mon visage, il se contente de sourire. Non seulement pour ne pas blesser mon amour-propre, mais parce qu'il sait que je pleure de bonheur.

Je suis libre.

SUR LA VIOLENCE FAITE AUX ENFANTS

Dave Pelzer, rescapé

Enfant, plongé dans les ténèbres, craignant de perdre la vie, je me croyais seul au monde. À présent, je sais n'avoir été qu'un parmi des milliers d'enfants maltraités.

D'après diverses sources, on estime qu'à l'heure actuelle aux États-Unis un enfant sur cinq est victime de sévices d'ordre physique, psychologique ou sexuel. Bon nombre de personnes persistent néanmoins à considérer cela comme des dérapages de parents exerçant une autorité légitime sur leurs enfants et ne croient pas que ces derniers en resteront marqués à vie. C'est une profonde erreur.

Il ne s'écoule pas un jour sans que des adultes, maltraités dans leur enfance, ne se défoulent de leurs frustrations sur la société ou leur entourage. Vu l'inévitable taux d'écoute qu'un tel sujet suscite, le public est informé par les médias des cas spectaculaires. Tout le monde a entendu parler de l'avocat parti se coucher en abandonnant son fils inconscient après l'avoir roué de coups de poing, ou du père qui a jeté son bébé dans les cabinets. Ainsi que de la mort des deux enfants. Ou de ce père et de cette mère qui ont, chacun, tué leur enfant dont ils ont caché le corps pendant quatre ans. Sans compter cette histoire – à la une des journaux – d'un ancien enfant martyr tirant à bout portant sur la clientèle innocente d'un McDonald avant d'être abattu par la police.

Mais, la plupart du temps, personne n'est au courant des cas d'enfants anonymes qui disparaissent de la circulation, tel ce garçon sans foyer dormant dans des cartons sous un viaduc d'autoroute pour en citer un récent. Chaque année, des milliers d'adolescentes, victimes d'inceste, s'enfuient de leur domicile et se prostituent pour vivre, tandis que des gamins rejoignent les bandes de vandales qui sèment la terreur dans les rues.

Beaucoup d'adultes victimes de maltraitance enfouissent leur passé si profondément qu'ils s'imaginent incapables de devenir des parents cruels. S'ils arrivent d'abord à se construire une existence normale, à se marier, à avoir des enfants, à se lancer dans une carrière professionnelle, il n'est pas rare que les difficultés de la vie quotidienne suscitent chez eux des comportements semblables à ceux dont ils ont été les témoins. Et ce sont leur conjoint ou leurs enfants qui subissent les effets ravageurs de cette spirale infernale qu'ils perpétuent, à leur insu.

D'autres se replient dans leur coquille, se bouchent les yeux, persuadés que leur passé – boîte de Pandore à n'ouvrir sous aucun prétexte – disparaîtra à force d'être occulté.

Des millions de dollars sont dépensés tous les ans pour financer les services de protection de l'enfance aux États-Unis et dans le monde entier, ainsi que des centres d'hébergement ou le placement en familles d'accueil. Sans compter les subventions accordées aux ONG dont le rôle est de prévenir la maltraitance des enfants, d'assister les parents auteurs de sévices ainsi que leurs victimes dont le nombre ne cesse de s'accroître. Il y en avait deux millions cinq cent mille aux États-Unis en 1990, deux millions sept cent mille en 1991 et trois millions en 1995.

Pourquoi ? Quelle explication trouver à la tragédie de la maltraitance des enfants ? La situation est-elle aussi catastrophique qu'on le prétend ? Existe-t-il des moyens d'y mettre fin ? Et surtout – question la plus essentielle – comment l'enfant victime de sévices les perçoit-il ?

J'ai écrit ce témoignage d'une famille normale dévastée par un secret jalousement gardé en poursuivant un double objectif. D'une part, celui de montrer comment une mère affectueuse, attentive, peut se transformer en un monstre d'indifférence et de cruauté martyrisant un enfant sans défense. D'autre part, celui de décrire les ressources extraordinaires de l'esprit humain capable de triompher d'une adversité en apparence insurmontable.

Il se peut que certains lecteurs trouvent mon histoire invraisemblable voire choquante, mais la maltraitance des enfants est une réalité scandaleuse qui existe dans notre société. En outre, c'est un phénomène à effet domino au sein des familles. Si la victime est d'évidence celle qui en pâtit le plus, le fléau n'épargne personne, du conjoint – déchiré entre les deux protagonistes –, aux autres enfants qui, ne comprenant rien à la situation, se sentent menacés. Sans compter les voisins, passifs, malgré les cris qu'ils ne manquent pas d'entendre, les professeurs alertés par les ecchymoses, obligés de s'occuper d'un enfant trop perturbé pour apprendre, et, enfin, les parents ou amis n'osant intervenir de crainte de couper les ponts.

Ce récit se veut davantage célébration d'une victoire que témoignage d'un rescapé. Même aux heures les plus atroces, le cœur est invincible et, si rien n'est possible sans la résistance physique, c'est l'esprit humain qui l'emporte au bout du compte.

En tout cas, c'est mon histoire. Elle n'engage que moi. Des années durant, j'ai vécu au cœur des ténèbres, replié sur moi, isolé, réduit au rôle de perpétuel perdant. Si au début j'aspirais à ressembler à tout le monde, je n'ai pas tardé à vouloir rejoindre le rang des gagnants. Aussi, après avoir servi mon pays dans l'armée pendant treize ans, je le sers à présent en organisant conférences et ateliers destinés à tous ceux qui ont besoin d'aide pour briser leurs chaînes. Inspiré par mon expérience, mon message – provoqué par les sévices subis au cours de mon enfance et alimenté par l'espérance en un avenir meilleur – s'adresse tant aux enfants maltraités qu'aux personnes qui s'occupent d'eux. D'autant que rompant le cercle vicieux, je suis devenu un père coupable essentiellement d'entourer son fils d'amour et de lui prodiguer tous les encouragements possibles.

Il y a actuellement des millions de désespérés et j'estime qu'il est de mon devoir de leur porter secours. Pour moi, il est important qu'ils comprennent que, si sombre qu'ait été leur passé, ils peuvent le surmonter, s'en servir pour évoluer vers un monde plus lumineux. Si paradoxal que cela puisse paraître, sans les souffrances de mon enfance je ne serai ni l'homme que je suis aujourd'hui ni capable d'apprécier la vie avec autant d'intensité. D'une tragédie, j'ai eu la chance de faire une victoire. C'est le fin mot de mon histoire.

Peut-être les familles modernes sont-elles soumises à davantage de pressions qu'à toute autre époque de l'histoire. Les mutations économiques, sociales sont à l'origine de bouleversements qui ouvrent la porte à la maltraitance des enfants. Pour que la société résolve ce problème, il est indispensable qu'il soit dénoncé. C'est la condition pour qu'il soit compris et que l'assistance aux victimes s'organise. L'enfance doit être insouciance et lumière, non un voyage cauchemardesque au bout de la nuit.

Steven E. Ziegler, professeur

Le début du mois de septembre 1992 fut celui d'une rentrée scolaire banale. Pour moi qui enseignais depuis vingt-deux ans, son effervescence n'avait rien de nouveau. Aux quelque deux cents nouveaux élèves dont il me faudrait mémoriser les noms, s'ajoutaient ceux de plusieurs nouveaux professeurs à accueillir. Nul doute que les grandes vacances étaient terminées, d'autant qu'outre de nouvelles responsabilités à assumer, j'avais la perspective des bâtons dans les roues que mettrait Sacramento – comme tous les ans – quant au financement des écoles. Rien de changé en apparence donc, jusqu'à ce qu'un message me ramène brutalement vingt ans en arrière : « Un certain David Pelzer souhaiterait que vous preniez contact avec son agent à propos d'un dossier pour mauvais traitements infligés à un enfant que vous avez contribué à monter il y a vingt ans. » Et le passé de refaire surface au grand galop.

Car le souvenir de David Pelzer s'est gravé dans ma mémoire. Professeur novice, je venais de sortir de l'université, et, je m'en rends compte maintenant, la réalité de cette carrière que j'avais choisie m'était complètement étrangère. Surtout le domaine de la maltraitance des enfants à l'existence de laquelle je croyais à peine, du moins, que je reléguais dans le secteur des sujets tabous comme tant d'autres en la matière. Si nous avons beaucoup appris depuis, il nous reste encore bien des choses à découvrir.

Du coup, je me suis rappelé l'école Thomas Edison de Daly City en Californie. En septembre 1972, un certain David Pelzer est entré dans ma classe de septième. Bien que naïf, j'ai une sensibilité qui m'a permis de capter sur-le-champ que ce petit garçon – triste, maigrichon – avait de gros problèmes. On lui attribuait des vols dans les paniers-repas de ses camarades, son corps était couvert d'ecchymoses plus que suspectes. L'évidence s'est imposée : c'était un enfant battu, puni avec une sévérité excessive. Ce n'est que quelques années plus tard que j'ai appris qu'il s'agissait d'un des pires cas – venant au troisième rang – répertoriés en Californie.

Ce n'est pas à moi ni à mes collègues de décrire en détail ce que nous avons vu et signalé aux autorités cette année-là. Seul David peut le faire, ainsi que ce livre en témoigne. J'éprouve une immense admiration envers lui d'avoir su saisir cette occasion extraordinaire de prévenir les souffrances d'autres enfants.

Bonne chance, David. Aucun doute ne subsiste dans mon esprit : tu as vaincu l'adversité.

Valerie Bivens, assistante sociale

En tant qu'assistante sociale des services de protection de l'enfance de Californie, je suis en mesure de constater le nombre élevé, l'horreur des sévices infligés aux enfants. Toutefois, le cas décrit dans ce livre – où la victime révèle la façon dont son enfance idyllique se mue peu à peu en une existence de « prisonnier de guerre » dans son propre foyer – dépasse l'entendement. Cette histoire est d'autant plus bouleversante que c'est le rescapé, homme d'un courage et d'une force d'âme exceptionnels, qui la raconte.

Le grand public ne réalise malheureusement pas vraiment la gravité du problème de la violence envers les enfants. Victimes de crimes atroces, ceux-ci sont trop souvent incapables d'en parler ou de dénoncer leurs agresseurs. En outre, ils retournent contre eux-mêmes ou leurs proches leur rage refoulée, et le cycle se perpétue.

Il est vrai que le sujet fait de plus en plus la une des journaux ou l'objet de films mais d'une façon souvent trop spectaculaire pour nous émouvoir sur les souffrances de ces enfants martyrs. Voilà un livre qui nous secoue en nous informant.

David nous fait vivre sa terreur, son abandon, son isolement, son indignation, sa douleur et, enfin, ses espoirs. L'univers caché des sévices innommables subis par les enfants se dévoile peu à peu. C'est à travers les yeux, les oreilles, le corps de David que nous prenons conscience de sa détresse, puis de ce qu'il ressent lors de sa victoire sur les tortures inhumaines qu'on lui faisait subir.

Glenne A. Goldber, ancien directeur du California Consortium for the Prevention of Child Abuse

Il faut à tout prix faire connaître l'histoire de David Pelzer si l'on veut mobiliser la population et éradiquer le monde des sévices infligés aux enfants. Bien qu'ils soient notre bien le plus précieux, ceux-ci sont victimes d'une épidémie de violence et de négligence aussi terrible qu'insensée.

La progression des cas de maltraitance est constante depuis une dizaine d'années. Aussi le témoignage de David ne peut-il qu'aider à ce que les gens comprennent que la situation actuelle dépasse de loin un excès dans l'usage de châtiments corporels. Des centaines de milliers d'enfants sans défense sont, tous les ans, brutalisés et torturés physiquement, psychologiquement et sexuellement.

Le moindre coup donné à un enfant a des répercussions sur son avenir, la moindre de ses souffrances a d'imprévisibles conséquences. L'histoire de David Pelzer, ce rescapé qui a réussi à échapper aux tortures qu'on lui infligeait, est une source d'inspiration pour tout le monde.

Il ne faut cependant pas oublier les dizaines de milliers de victimes qui n'ont pas survécu à leurs supplices ni les millions d'autres qui en sont encore les proies. La seule façon d'éliminer ce problème, c'est la prévention. Et j'espère vivement que ce livre suscitera un vaste mouvement dans l'opinion publique en faveur de la prévention de toutes formes de violence à l'encontre des enfants.

Poème : Je ne savais pas

Je ne savais pas que c'était si grave,
Mais je savais que ça existait.
Ce crime odieux m'a révoltée
Parce qu'on vole à des enfants
Une période « unique » de leur existence.

Je ne savais pas à quel point ça faisait mal ;
Les bleus et les cicatrices sont trop souvent cachés.
Je ne comprenais pas pourquoi sur ta route,
la brutalité de la violence exigeait de toi
un si lourd tribut.

Je ne savais pas comment tu te sentais ;
que tu avais perdu toute dignité.
Je savais seulement que tu te repliais sur toi même
Que tu cachais toujours tes sentiments.

Je ne savais pas quoi faire ;
Je ne savais pas si je pouvais t'aider.
Je ne savais pas que tu avais d'abord besoin
d'une amie ;
De quelqu'un qui t'aime et te soutient.

Maintenant, je sais que je peux aider ;
Que je peux changer les choses.
Je resterai à tes côtés ; je dénoncerai aussi fort que toi ;
Pour que plus jamais personne ne dise :
« Je ne savais pas. »[1]

Cindy M. ADAMS

---

1 L'autorisation de publier *Je ne savais pas* a été accordée par Cindy M. Adams.

À propos de l'auteur

Dave a été membre de l'armée de l'air des États-Unis, la United States Air Force, où il a joué un rôle important pendant la guerre du Golfe. Il a participé aux missions de ravitaillement en vol de l'avion de reconnaissance SR-71 Blackbird et de l'avion furtif F-117, appareils classés ultra-secrets à l'époque. Pendant sa carrière militaire, Dave a collaboré à divers programmes destinés aux jeunes en difficulté de la Californie.

En plus d'avoir reçu l'éloge des anciens présidents américains Ronald Reagan et George Bush, Dave s'est vu décerner plusieurs récompenses pour son extraordinaire réussite. Tout en poursuivant sa carrière militaire, Dave a reçu en 1990 le J/C/ Penney Golden Rule remis au bénévole de l'année en Californie. En 1993, il a été un des dix récipiendaires du Ten Outstanding Young Americans ; il a ainsi rejoint les rangs de personnalités aussi prestigieuses que Chuck Yeager, Christopher Reeve, Anne Bancroft, John F. Kennedy, Orson Welles et Walt Disney. En 1994, Dave a été le *seul* Américain à recevoir un des dix prix Outstanding Young Persons of the World pour son travail de sensibilisation et de prévention dans le domaine de la violence faite aux enfants et pour sa capacité d'inspirer le courage. Dave a également été un des porteurs du flambeau olympique, symbole du caractère indomptable de l'esprit humain, lors du Relais du flambeau olympique de 1996.

Dave travaille actuellement sur le troisième et dernier livre de sa trilogie, *A Man Named Dave (Dave, l'homme)*.

Lorsqu'il n'est pas en voyage ou avec son fils Stephen, Dave vit une existence paisible à Russian River, à Guerneville, en Californie, avec sa tortue prénommée Chuck.

Remerciements

Après des années de travail intense, de frustrations, de compromis, de déceptions, ce livre, enfin publié, est disponible partout. Je souhaiterais exprimer ma gratitude à celles et ceux qui ont cru en cette croisade.

À Jack Canfield, coauteur du feuilleton à succès *Bouillon de poulet pour l'âme,* pour son extrême gentillesse et l'accueil à bras ouverts qu'il m'a réservé. Jack est l'un de ces êtres rares, capable d'aider en une journée plus de personnes que la plupart de nous en une vie. Que Dieu le bénisse.

À Nancy Mitchell et Kim Wiele du Canfield Group, pour leur enthousiasme et leurs conseils.

À Peter Vesgo de Health Communications Inc., à Christine Belleris, Matthew Diener, Kim Weiss, et à l'ensemble du personnel de HCI pour leur honnêteté, leur professionnalisme, leur amabilité. Ils n'ont eu de cesse de faciliter le travail de publication de ce livre. À Irene Xanthos et à Lori Golden pour leur ténacité, les mille petits problèmes qu'elles ont réglés. Mille mercis à l'équipe du service artistique pour son travail acharné et son dévouement.

Un merci tout particulier à Marsha Donohoe, extraordinaire rédactrice, dont la relecture et la réécriture du manuscrit ont permis d'en supprimer les innombrables exclamations, afin que le lecteur saisisse mieux ce récit raconté par un enfant. C'était pour elle une question de simple bon sens.

À Patti Breitnam de Breitman Publishing Projects pour son travail initial et sa persévérance.

À Cindy Adams, pour sa foi inébranlable au moment où j'en avais le plus besoin.

Un merci particulier à Ric & Don du Rio Villa Resort, pour leur hébergement dans un sanctuaire idéal à la réalisation de ce projet.

Et enfin à Phyllis Colleen, à qui je souhaite de trouver bonheur et sérénité. Que Dieu la bénisse.

Table des matières

6590

Composition Chesteroc International Graphics
Achevé d'imprimer en France (Manchecourt)
par Maury-Eurolivres
le 4 mai 2003.
Dépôt légal mai 2003. ISBN 2-290-32435-3

Éditions J'ai lu
84, rue de Grenelle, 75007 Paris
Diffusion France et étranger : Flammarion